向 低 飞 的 麻 雀

致 敬

崔修建 | 著

中国广播影视出版社

徜徉在那些美好中间

　　就那样欢喜地遇见了。一缕春风便吹绿了广袤的原野，一声鸟鸣便幽静了一方山林，还有那一树树的花开，那一溪溪的清流，那自由舒卷的白云，那古风犹在的远村，那喜欢眺望的老槐树，那池塘里嬉戏的鸭鹅，那迷了路也不慌张的蝴蝶……一眼望去，随处都是迷人的风景，自然、清新、朴素，美丽的气息恣意地荡漾。

　　就那样欢欣地爱上了。爱上一江静水流深的从容，爱上一场夏雨的酣畅淋漓，爱上秋光无限的姹紫嫣红，爱上冬日纯净的银装素裹，爱上一架高桥横跨大江南北的豪迈，爱上一条长路贯穿东西的壮丽，爱上一栋栋高楼大厦春笋般地拔地而起，爱上一盏盏明灯火树银花般地亮起，爱上繁华街市上的车水马龙，爱上广袤原野上的万顷稻浪……目光所及，到处都是浓墨重彩的画面，壮丽、逶迤、宏阔，磅礴的气势，不可阻挡地扑面而来。

　　就那样幸福地陶醉了。为小草清脆的发芽声，为牵牛花爬过的篱笆，为檐雨轻轻弹拨的琴音，为红叶点缀的山间小径，为低低飞过的麻雀，为穿窗而来的明媚阳光，为谜一样撩起思绪的星空，为旅途上惊喜的相逢，为擦肩而过时甜美的微笑，为孤独时一语关切的问候，为寂寞行程上一个真诚的微笑，为梦想成真时热烈的掌声……原来，万物皆有欢喜，万事皆生情趣，万人皆可亲近。

就那样痴痴地迷恋了。一段尘封已久的历史，还在慢慢地讲述着过往的沉沉浮浮；一个情节兜兜转转的故事，还在絮絮地诉说着扣动心弦的爱恨情仇；一首染了田园或边塞风韵的唐诗，还在绵绵地传递着可意会也可言传的美妙；一阕或豪放或婉约的宋词，仍在徐徐地吹送着折不断的杨柳风。一卷在手，便有无数的星光扑来，便有无尽的话题打开，便有无限的遐思飘逸……没错，天下风光在读书。走进书籍的水色山光里，随时随地都会遇到醉了眼睛也醉了心灵的风景。

真好，怀揣柔柔的爱意，自由自在地穿梭于古往今来，欢欣地流连于尘世的点点滴滴，不辜负每一个怦然心动的瞬间，或认真倾听一朵花开的声音，或仔细凝眸一轮素洁的明月，或悉心阅读一枚秋霜染红的枫叶，或静心体味一缕柔情似水的炊烟，或端坐窗前看明明暗暗的光影慢慢地走来走去，或漫步田埂上看黄黄绿绿的庄稼葳蕤地生长，或穿行于喧嚣的街市，随手捕捉一串苦辣酸甜，或安然于静静的斗室，照料日常的柴米油盐……有时要寻寻觅觅，有时只需不经意的一瞥，就能够欢喜地遇到那么多的真，那么多的善，连同那么多的美。

尘世间俯拾皆是的种种美好，都是生命不可或缺的弥足珍贵的馈赠。一位锦心绣笔的作家，即便身处寻常的日子里，即便面对普通的一花一草，也会有欢喜的发现，会有怦然心动的感悟，会欢悦地撷取光阴里的点点滴滴的美好，用一生珍惜的笔墨，饱蘸真情，一一精心地描绘下来，呈现给自己，也呈现给熟悉的或陌生的朋友。

于是，我们有幸看到了这样一篇篇精彩纷呈的美文，看到了这一套"语文大热点"美文系列图书：高方的《池鱼和笼鸟的距离》、李雪峰的《一滴海水里的世界》、王继颖的《感恩最小的露珠》、刘克升的《弱种子也要发芽》、崔修建的《向低飞的麻雀致敬》。

五位《读者》《青年文摘》等知名报刊的签约作家，多年来一直潜心美文创作，他们发表在国内外各类报刊上的美文数以千计，其中不少作品被译介到国外，他们都曾出版多部深受众多读者喜爱的畅销美文专集，有多本书成为馆配图书，或入选农家书屋和社区书屋。

这次，由中国广播影视出版社精心策划，五位作家联袂推出的这套特色鲜明、风格各异的美文系列图书，既是五位作家美文创作实绩的一次集中展示，也是进一步拓展美文写作空间的一次有益的探索，更是奉献给广大读者的一份精神美餐。

作为中考语文、高考语文的热点作家，李雪峰、崔修建、王继颖、刘克升、高方创作的大量优质美文，曾多次入选中考、高考语文试卷及模拟试卷，更有数以百计的美文入选各类语文教材和课外阅读书籍，成为众多中学生信赖的快速提升写作水平的优秀范本，在许多省、市中学生寒暑假必读书目中，经常会见到五位作家醒目的名字。

德国作家、诗人赫尔曼·黑塞曾经有一段非常值得咀嚼的感慨："当一个人以孩子般单纯而无所希求的目光去观看，这世界如此美好：夜空的月轮和星辰很美，小溪、海滩、森林和岩石，山羊和金龟子，花儿与蝴蝶都很美。当一个人能够如此单纯，如此觉醒，如此专注于当下，毫无疑虑地走过这个世界，生命真是一件赏心乐事。"

这一套美文系列图书的作家，就是如此始终热爱着凡俗世界中的美好，始终坚持倾听心灵的召唤，单纯地因喜欢写而写，无论世事如何变幻，无论际遇如何转换，美好的情怀依旧。

如是，请让我们怀抱向美之心，跟随五位作家的脚步，走进一篇篇美文打开的斑斓世界，徜徉在那一个个滋润心灵的美丽时空中，或驻足，或凝眸，或静品，或感悟，且让思绪自由飞扬，且让一颗永远不老的诗心，请出书中的无限绮旎的风光，与我们欢欣地对坐，忘却光阴无声的行走，唯有深情永驻的岁月静好。

崔修建

2020 年 9 月

目录

第一辑　跟着阳光走，随时会遇见欢喜

跟着阳光走，无论在繁华喧嚷的都市，还是在炊烟袅袅的乡村，无论在瑞雪飘飘的冬日，还是在姹紫嫣红的春天，你都会欣然遇见许多美好，会欢喜地发现，草木有情，山水有意，寻常的日子里也有迷人的风景。

目录

第二辑　天地有大美，学会向明媚的事物低头

风会记得一朵花的香，雨会明亮一株草的眼，万物皆美，有一颗欢喜心，随时都能看到那些明媚的事物，或许是一溪清流，或许是一山巍峨，或许是姹紫嫣红，或许是天高云淡……懂得欣赏的人，会情不自禁地低下头来，向那些美好的事物致敬。

2

第三辑　轻轻吹拂，那些久烘着岁月的暖

往事并不如烟。旧时的燕子还会衔来一帘醉人的杏花雨，印满沧桑的河道里仍流淌着清新的水声。跟随着一缕炊烟，走进记忆的深处，那么多温暖的好时光，依然清晰如昨，就像吹过头顶的风中，还有浸润心灵的馨香，在绵绵地飘逸。

目录

第四辑　好时光，飘逸在一蔬一饭里

许多珍贵的东西是免费的，与其刻意地寻觅诗意的远方，不如认真欣赏眼前的风景，即便从寻常的一蔬一饭里，也能咀嚼出滋味丰富的幸福。怀一腔热爱，低下头来，谁都可以惊喜地发现：那么多的好时光，就散落在自己的身边，触手可及。

第五辑　沼泽里，也有明亮的星光

春天里也有猝然的落花，意料之外的雨雪会突然泥泞前行的道路，但不要抱怨命运多舛，更不要自怨自艾，不曾在深夜里哭过，不足以谈人生。懂得欣赏沼泽地里的星光，学会自渡，从苦楚的枝头绽放幸福的花朵，自然会拥抱想要的生活。

目录

第六辑　总有些情怀，难以云淡风轻

一朵散淡的云，映在从容远去的秋水中，一枚绚丽的叶子，以优美的舞姿述说着飘坠的不甘。谁说山月不知心里事？慢下来，从一声鸟鸣里谛听渐行渐远的韶光，从一枝梅花上读取春草复生的消息，总有一些情怀，是心中念念不忘的美，似淡却浓，似浅却深。

第 一 辑

跟着阳光走，随时会遇见欢喜

跟着阳光走，无论在繁华喧嚷的都
市，还是在炊烟袅袅的乡村，无论
在瑞雪飘飘的冬日，还是在姹紫嫣
红的春天，你都会欣然遇见许多美
好，会欢喜地发现，草木有情，山
水有意，寻常的日子里也有迷人的
风景。

路过你的美

秋收时节，我和母亲在小菜园里，不紧不慢地翻出藏在泥里的土豆，砍倒垄上一棵棵壮硕的白菜，满怀的欢喜，如触手可及的阳光。

偶然地，我看到对面的小山不知何时换上了漂亮的新装，那些低矮的乔木和灌木，纷纷举着绚丽如花的红叶、黄叶，将秋日的山林渲染得分外妖娆，连随风起伏的茅草，也陡添了许多迷人的风韵。

我心头猛地一颤：只要愿意，谁都可以成为秋天的主角，不单单是甜美的果实。

师母特别喜欢拍摄花朵，她戏封自己为"拍花婆"，说自己喜欢做一个花痴。乍孕的花苞，初绽的花蕾，繁丽的花朵，凋落的花瓣，一年四季，室内室外，但凡遇见花，她便兴奋地举起高像素的手机，变换着角度，远摄近拍，似要定格每一朵花的丽姿倩影，留下每一朵花的独特神韵。她将所拍摄的花朵图片，挑选出满意的，配上简洁的解说文字，发到微信朋友圈，供大家随意品赏。

见师母又拍了一组寻常的野花，惊讶地问她："这样普通的花，您已拍过多次了，为何依然痴爱有加？"

师母回我："与一朵花的遇见，很多都是第一次，也是最后一次，有缘路过的美，我都想留存下来，看了再看。"

细思师母之言，甚有道理：这世间的种种美好，无论是不经意间邂逅的，还是刻意追逐方得以相逢的，都应该倍加珍惜。

多年前，青年作家安宁赠我一本美文集《只是路过你》，尚未阅读书中那些锦绣文字，单是看着那诗意飘逸的书名，便禁不住要浮想联翩了。

年过七旬仍常年奔走在戈壁滩上的一位老科学家，在接受记者采访时，被问及一个人行走于空阔的荒凉之地，是否感受过莫名的孤独和寂寞？他一脸欢欣地回答："一路上，到处都会见到新奇的美：蓝得像宝石的天空，白得像棉絮的云，粗粝的石丘，流动的沙包，傲然的沙枣树，匍匐的荆草，一闪而过的野兔，骆驼刺上的露珠……那么多新鲜的东西，简直目不暇接了，只觉得眼前的每一样东西，都与自己有缘，有幸遇见了，就该好好地欣赏，哪里还有什么寂寞呢？"

这位成就显著的老科学家是一个真正有爱的人，在一辈子搞地质研究的他的眼里，即便是不经意间路过的一草一木、一沙一石，也是美丽的，是可爱的。拥有懂得欣赏与感恩的情怀，还有什么事不能愉快地做好呢?

风行水上，或许只是路过。很多的美，就自由地绽放在那里，在等待一双有缘的眼睛，从身边经过时，欣然地告诉自己：路过你的美，是我今生的一件幸事，值得好好珍惜。

慢慢欣赏

朋友要给我刻一枚印章，问我刻什么内容，我不加思索地说出四个字——慢慢欣赏，因为那一段时间里，那四个字如此强烈地萦绕于我的脑海，难以释怀。

曾经好读书，但不求甚解，经常摊开一卷，便像有人在后面不停地催促着，匆匆忙忙地一扫而过，走马观花，挂一漏万，一颗浮躁的心，难以沉潜下去，安静地徜徉于那些文字编织的广袤天地间，慢慢欣赏，慢慢品味。

那年，跟着旅游团去欧洲游玩，行程排得满满的，十五天里游历了十个国家，每天都马不停蹄地赶路、赶路，紧紧张张，辛辛苦苦，虽说光顾了不少著名景点，但大多是匆匆一瞥，草草地与景物合影，证明我曾"到此一游"，然后，便急急地赶往下一个景点。

待回到家中，翻看手机里的上千张照片，有的景观竟看着陌生，甚至记不得是在哪里拍摄的。有编辑向我约稿，请我写写旅游中有趣的见闻，我一声叹息——像不少网友慨叹的那样，我一路匆匆的行走，无心静赏美景，是花钱遭罪去了。

再搬家时，我扔掉了不少书，只精心挑选出一部分重要的，留存在书架上。

那天，从书架上抽出一本书，准备细细地品读。这时，奇妙的感觉骤然涌至：翻开书，我立刻屏蔽了周遭的嘈杂，心静如水，一下子便了无杂念地沉浸到字里行间，仿佛置身于徐徐展开的一道道风景之中，边走边看，对着书中色彩缤纷的世界，不时地指指点点，与书中人物亲切对话，与作者热烈探讨，有惊喜的发现，有茅塞顿开的领悟，此间之乐、之美，真是妙不可言。

我想起在乡村生活了一辈子的祖父，他没去过比县城更大一点儿的城市，也没看过电视，只在农闲时节，翻看过几本旧书、旧报，可在我的心目中，他是一位博学的农民，他知晓许多植物、鸟类、作物的习性，知晓许多社会风俗、人情世道，对一些民间艺术也特别了解，至于木工、瓦工、电工等各类技艺，也大多驾轻就熟。

祖父有一句意味深长的口头禅：细细看，好好琢磨，世间许多事就不难了。

多年后，我恍然发觉，祖父早就指点过我，要摒弃浮躁，学会慢慢欣赏，自然会有欢喜的收获。就像他会整整一个上午，静静地趴在窗前，出神地数着檐雨断断续续的念珠，或凝视墙角那棵柔韧的小草，一任思绪飞扬，仿佛自己看到的，是一生中不容错过的美景。

慢慢欣赏，一枚如蝶的枯叶，迟迟不肯告别枝头，该怀了怎样难舍的痴情？一溪忽然没了踪影的流水，又有怎样的不甘或者欢喜呢？还有那只不知名的鸟婉转地鸣唱，可是为着一生最美的爱情？那一片收割后的田埂，在自豪过后是否也有一些失落呢？目光所及，每个细小的事物，都如此生动地举着一个个有意思的问号，一边给出形象的点拨，一边又在调皮地追问，让欣赏者想象、思考，而它们似乎并不需要一个标准的答案，只是想与懂得欣赏的人做一次倾心的交流。

如今，我心素已闲，行事不再慌张，随时可以俯下身来，细赏一道旧时车辙里深藏的红尘往事，细品石壁上一朵迎风舞蹈的无名小花多情的告白，甚至一朵悠然的云，一片被遗弃的青瓦，琐琐屑屑，一些触手可及的小物、小景，皆展露出迷人的美丽，刹那间撞击心扉，让自己欢喜地爱上。

懂得了断舍离，懂得倾情于身边的人和事，自然能够聚精会神，因一份专注的欣赏，对一些从前被忽略的风物人事，陡然生出无限的敬意。譬如，我能够耐心地看街角那位修鞋老人一板一眼地秀着出色的手艺，能够从那位收破烂的妇女响亮的吆喝里听到一份真心的热爱，能够感动于风雪中疏导车流、人流的交警那忙碌的身影……

慢慢欣赏，一些寻常的小人物，给了我深深的感动。

慢慢走，慢慢欣赏，随时随地，皆能遇见迷人的景色。

津津有味

那年夏天，在大兴安岭采风，邂逅一位研究鸟类的专家。据朋友介绍，他能够听懂一百多种鸟的叫声。我颇为惊讶，敬佩地请教他是如何精通那高深莫测的鸟语的，他淡然一笑："很简单，只需津津有味地倾听。"

"津津有味？"我轻轻念叨着这四个字，目光里困惑犹存。

"是啊，很小的时候，我就跟着老猎户在大山里面转悠，老猎户告诉我，只要忘却周遭的嘈杂，用心倾听，就能够听出每一声鸟鸣里藏着的情感。"他的话很朴素，也颇有意味。

蓦然想起儿时，村里有一位手艺颇为精湛的刘木匠，十里八乡的人们都排着队邀他打制家具。被众人视为"怪人"的他，每接一单活儿，无论繁复还是简单，他均投以十二分的认真，从无丝毫的潦草应付。

那日，祖父请他打制一张普通的饭桌。单单是对着祖父抱来的一堆木板，刘木匠就左瞅右瞧，足足端详了大半个上午，父亲小声嘀咕："净磨洋工，寻常的木板有啥看头？"

刘木匠听到父亲的质疑，回了一句我们许久都不解的话："每一块木板都是有感情的，得懂得它们的心思，让它们高兴地聚在一起。"

与木板熟稔了，他才开始一板一眼地量、锯、刨、凿、拼、磨、漆……一道道工序，皆徐徐而来，慢条斯理，仿佛光阴都因他忘我的专注而慢下了脚步，只在一旁看着他饶有兴致地忙碌，那散落一地的细碎的刨花和木屑，似乎最懂他细密的情思。

多年以后，我依然清晰记得的，不是刘木匠精雕细琢的那些老家具，而是他劳作时津津有味的投入，那里面飘逸着一种高贵的味道，时光愈老，愈是鲜明。

很喜欢观赏沙滩上那些乐此不疲地堆砌城堡的儿童，他们能够拿着简易的工具，长时间埋头于松软的沙海间，对不远处那些迷人的风景不闻不问，只管兴趣盎然地建构自己心中瑰丽的工程。似乎几个小时，也只是短短的一瞬。伴着一份纯真的欢喜，守着一个美妙的期待，津津有味地沉浸其中，幸福地忙碌，如此诗情画意。

一位经历苦难岁月的老作家，在一篇回忆录中讲过这样一件小事：彼时，生于江南的他，被发配到了天寒地冻的"北大荒"偏远的山村。一直酷爱饮茶的他，却偏偏弄不到茶叶，他便四处寻找替代品，自己炒制"茶叶"。其中一款他颇为得意的，便是春天里采得嫩嫩的柳芽，细细炒制，再经过特殊发酵而成的"柳茶"。

一日，大雪纷飞。他取出精心收藏的磨得发亮的紫砂杯，泡一杯别有风味的"柳茶"。拥炉而坐，一卷在手，且啜，且读，宠辱皆忘，尽是仙人般的惬意。

忽有好友不约而至，他欣然相迎，以自制的"柳茶"招待，两人天南海北谈笑一晌，意犹未尽。临别时，好友慨叹："地道的好茶，自然有地道的好话题。"

"人生有味须慢品"，老作家一语朴素，更见真醇。

在大学的写作课上，向年轻的学子们推荐张丽钧的美文《牡丹花水》，生活在一向缺水的大西北的人们，乐观、感恩、憧憬……竟有人懂得于苦难之中嚼出幸福的味道，给沸腾的清水起了"牡丹花水"这样一个俏丽无比的昵称。

黄叶飘坠的深秋午后，见一位正拍摄墙角那株枯草的女孩，问她："那也是一道美景？"

她莞尔："当然了，它也活出了生命的味道。"

霎时，怦然心动：其实，有味的生命，俯拾皆是，若有一颗慧心，再加上一双慧眼，便不难发觉。

真好，津津有味地活着，津津有味地欣赏着，因为深深地懂得，一切都那样曼妙无比，情意融融。

懂得怜惜

怜惜，是叫人心软的喜欢，是叫人心疼的爱，柔柔的美，似风行水上。

怜惜一株生长在水泥屋顶上的草，不知从哪里来的一阵风将一颗草籽吹离了大地，或从哪一只鸟的口中突然跌落下来，落在并不适合生长的高处，一株离群索居的草，忍受着烈日的炙烤，忍受着枯萎随时降临的宿命，孤独地望着辽远的星空……那咬紧悲苦命运的身影，有几许无奈，也有几许坚韧。

怜惜被流水无情抛掷的一朵落花，原本灼灼的青春，在枝头那般招摇地艳丽过，也许只因听到了一声莫名的召唤，或是缘于心的怦然一动，便毅然从枝头滑落，怀一腔热烈，头也不回地投入那一

溪泉流，想跟随亲爱的流水，走遥远的路，去心中诗意的远方。然而，突如其来的一个漩涡，将它推向岸边，流水兀自向前，它被一截横插在河中的枯枝挡住了去路，与几片败叶待在一起，对着斑驳的云影，默默述说着被遗弃的苦痛。

落雪的冬日，地上积了厚厚的一层雪，连落光了叶子的树枝上也落满了雪，几只麻雀在雪地上辛苦地觅食，寒风吹过，我似乎看到有两只麻雀小小的身子在颤动。突然间，"生之艰辛"这个词语闯入心海，我无法淡定了，赶紧走到院子里，扫出一片干净的空地，撒一些小米，躲到窗后，悄悄观察几只早到的麻雀呼朋引伴。不大一会儿工夫，便聚来一大群，它们欢喜地啄食着，我也欣欣然。

怜惜，不是单纯的悲悯，不是居高临下的可怜，而是因一份柔柔的疼爱而倍加珍惜。

一位年过八旬的农民，还保持着四十多年前的习惯，每年秋天，他都会背着一个不大的竹篓，去收割后的田间寻寻觅觅，将遗落在田埂上、垄沟里的一穗稻子或一根玉米捡起，甚至几个被人忽略的豆荚，也会被他细心地拾起，似乎秋天里的每一粒果实，都应该得到足够的珍视，不可随意抛弃。老人的儿子是一家超大型企业的老总，年薪已逾千万，但一到秋天，不管多忙，他都会抽出几天时间，陪父亲去拾秋。他说，父亲教他拾起的，不单单是一点点寻常的粮食，还有对曾经辛苦劳作的一份敬重。在父亲心中，大地上的每一粒粮食，都值得怜惜，值得疼爱。

喜欢"疼爱"这个词语，那里面凝结了怜与惜，很容易联想到生活或文学作品中那些"怜香惜玉"的情节。大抵是因为那香太迷人，那玉太可人，生怕一不小心，转瞬间就散了，就消失了，再也无法寻回。于是，就深情满满地去关照，去呵护，只想留住那些真、那些美、那些拨动了心弦的好。

一个真正活得聪明的人，即便在遭遇伤害之时，也不会悲戚戚地哭泣，不会怨天尤人地多方怪罪，而是懂得好好怜惜自己，不让自己受到第二次伤害。

那天，一位不小心被脱粒机压断了三根手指的农民朋友，用缠满绷带的右手托着手机，给我发来一条短信：一下子少了三个好朋友，手指的伤感，一目了然，却始终一言不发。

蓦然感动：很多可贵的怜惜，都是指向此时此刻，眼前所拥有的一切，平凡的或不平凡的，都可能在接下来的某一刻，突然间逝去，无法挽留。而我们最好的选择，便是以一颗悲悯的心，惜取眼前的景、物、人、事，慢慢地赏，慢慢地爱，每一刻的美好，都因一份刻骨的怜惜，而历久弥新。

母亲的太阳花

那是一个老旧的小区，几栋颜色斑驳的老楼，围起一个不大的院子，院子里有个圆形花坛，里面栽种了几种新奇的花，那是小区里的一道亮眼的景观。

她住一楼，窗户正对着花坛，从女儿出生起，她就一直住这里，已经四十五年了。

花坛里的太阳花又开了，那些匍匐于地表的茎叶，托举着一朵朵风姿绰约的花，红色的花瓣、金黄的花蕊，在明媚的阳光里，欣然地绽放着骄傲的美丽，还有淡淡的清香飘逸。两只麻雀飞来，落到花坛边，认真地啄食藏在枝叶下的小虫，偶尔抬头欣赏一下被温暖簇拥的花，像纯净的梦，又像柔情似水的诗篇。

她牵着女儿的手，慢慢走出蜗居的小屋，来到开得正热闹的花坛前。女儿指着一朵太阳花，傻笑着拍手："好看，真好看。"

她一脸温柔地教女儿："这是太阳花，多好的名字啊！"

"太阳花，太阳花"，女儿似懂非懂地念叨着，像一个刚入幼儿园的孩子。

女儿四岁那年得了一场重病，社区医院的医生用了大剂量的药物，好容易保住了她的生命，却严重地伤害到了她的大脑，她的智力水平自此骤然停止了提升，成了众人眼里的傻子。她抱着女儿跑了好多家医院，找了好多专家，欠下不少外债，仍无济于事。

"女儿傻了，我们就努力地活，多给她一些爱。"她愿意与丈夫一道将苦涩的日子撑下去。谁知老天似乎有意要为难她，女儿六岁那年，丈夫竟被一场突如其来的车祸夺去了生命，肇事司机逃逸了，至今没找到。

擦干眼泪，她带着女儿去社区街道上班，领导和同事们都很关照她，女儿那会儿也挺乖的，她工作时，女儿就拿一支笔在旁边安静地画着不成形的图案。偶尔，她也教一点儿简笔画，可女儿总也学不会。她没责怪女儿笨，反倒检讨自己教得不好。

她不愿意看到别人可怜的目光，心里感激着大家的关心，工作上从不落后，一些白天没忙完的工作，她就带回家里，哄着女儿睡下，她熬夜加班。她还主动承揽了侍弄小区花坛的工作，春天撒下花种，夏日除草、剪枝、培土，秋冬收拾残枝败叶，一年又一年，像一个勤快的花匠，只为小区里的居民每年都能看到漂亮的花花草草。

女儿有时候也冲她发脾气，将她买的洋娃娃摔到地上。她也不发火，捡起来掸掉尘土，不知是安慰女儿还是安慰自己："生气不好，生气了就不美了。"直到把女儿哄笑了，她也孩子似的笑了，甜甜的。

每天早晨，她都会用心地为女儿梳头，头型花样时常翻新，还会配上精心挑选的头饰，有时是一束绢花，有时是一枚蝴蝶结，搭配得十分别致。

她给女儿买的衣服大多比较便宜，但都挺漂亮，有的还挺时髦，邻居们惊讶她的审美眼光，她坦然道："我希望女儿花枝招展的，美给大家看。"而她，衣着始终整洁、得体，用的虽是廉价的化妆品，但她悉心呵护。年过七旬了，肌肤仍有些水润，举手投足间，仍流露出超然的优雅。

女儿喜欢上了养花，她便弄来一堆大大小小的花盆，摆满窗台，领着女儿逛花市，选购她喜爱、好养还便宜的花，两人像小朋友过家家一样，每天饶有兴致地摆弄那些花卉。夏天到了，她们把花盆搬到小区院里，请大家一起品鉴。听到有人夸奖，女儿笑得灿烂，她也中了奖似的开心。

朋友送了两张优惠券，她带女儿去西餐厅，笨拙地教女儿左叉右刀切开烤肉。女儿用叉子挑给她一块苹果沙拉，她美美地吃着，还直夸女儿知道关心妈妈了。

退休后，她带着女儿一起报了老年大学的绘画班，学习简单的蜡笔画。看到女儿画得越来越好，她兴奋得仿佛女儿成了大画家，拿了画跟邻居们夸耀，说女儿其实挺聪明的，还能坐得住板凳。

那天，坐在明媚的阳光里，女儿在认真画着花坛里的太阳花，红色小衫，白色的长裙，眉宇间满是欢喜。一朵一朵的太阳花，活泼地开在画纸上，也开在她慈爱的目光里。

那一刻，我清晰地闻到了阳光的味道，淡淡的，夹着花的香。

原来，每一个孩子都是母亲心田上娇美的花朵，无论遭遇怎样的风霜雪雨，只要有暖暖的阳光，随时随地都会遇见美丽的花开，就像眼前这一朵朴素而俏丽的太阳花。

爱是最暖的光

我从大西北回来，眼里含着泪，心里装满了暖。

一望无际的戈壁滩，四季干旱，草活得苦，树活得苦，但浸在苦水里的生命，也能令人心生敬意。一阵风起，一个草团在不停地向前滚动。当地人告诉我，那是风滚草，也叫俄罗斯刺沙蓬，是戈壁滩上的一种生命力极强的植物。干旱难耐时，它会从沙土里拔出根，抱成一个圆团随风滚动，遇到适合的环境，会再次扎下根，冒出新芽，萌出新枝，开出玫瑰红或淡紫色的花。

随"志愿者小分队"去宁夏固原一所希望小学，我见到刚刚三十出头的陈老师，竟苍老得那样令人心疼。我看过她毕业照上靓丽的身影，没想到仅仅十年的光景，便将秀气的她，磨砺得如此粗糙。面对我的诧异，她一脸淡然地告诉我："学校曾打过三口井，但都没用多久，便再也打不出水来了。即便打出的水，也苦涩无比，根本不能饮用。她和学生们的生活用水，要靠村民从三十多里远的村子运过来，金贵得很。"

吃午饭时，学生们以课桌为餐桌，每个学生一碗米饭，只有炒萝卜干和白菜炖豆腐两样菜，每人一碗白开水。他们一个个吃得津津有味，脸上洋溢着知足的兴奋。

陈老师吃的饭菜和学生们一模一样，她边吃边跟我聊天，她说现在伙食已经有很大改善了，每天能吃到青菜，每周有两天能吃到肉，有两天能吃到鸡蛋。前几年连青菜也无法保证，师生们经常吃咸菜，有时干脆就是米饭泡酱油。

我感叹这里条件太艰苦了，她却有些满足："还有比这里更艰苦的学校呢，你看，我教的孩子多阳光啊，他们爱学习、爱劳动，纯朴又善良。"说起她的学生，陈老师满脸的自豪无以掩饰，她拿给我看学生们写的诗，我特别惊讶，眼前这些土里土气的孩子笔下竟流溢出那么多精美的诗句，宛若一朵朵艳丽的小花，似一片片灵动的彩云般地亲切而自然。

那天下午，天空突然一片墨色，一场雷阵雨即将来临，几位老师和食堂做饭的师傅，领着学生们将所有的盆盆罐罐，全搬到教室前的操场上，然后全校师生一起仰首期盼雨滴赶紧降落。

"下雨啦！下雨啦！"几滴雨落到一个孩子伸出的小手上，欢呼声立刻响起来，等雨点密集起来，几个男孩子竟脱下上衣，嬉笑着跑进雨中，任雨水将自己浇成一只只快乐无比的"落汤鸡"，有两个小女孩接雨水搓洗着辫子，更多的孩子则畅快地用雨水洗脸、洗脚。仿佛那是百年一遇的甘霖，不倍加珍惜，便辜负了上苍的一番美意。

十几分钟后，风停雨歇，干涸已久的大地将雨水很快全收走了，被雨水洗过的刺棘却精神了许多，师生们像打了一场大胜仗，说说笑笑着将那些瓶瓶罐罐里的水，倒进厨房的两口大缸里，准备用来洗菜或者洗脸。

陈老师兴奋地告诉我："这就是我们的生活实践课，听从老天的随机安排。等冬天下雪的时候，全校师生都会跑进漫天飞舞的雪花中，尽情地嬉戏，尽情地感受大自然的神奇变化。孩子们的不少诗篇和文章，都是在这样近距离的观察和体验中完成的。"

原来，很多好课不只是在教室里完成的，还可以走到广阔的天地中，与风霜雪雨一道完成。我不由得为陈老师和她的孩子们灵活的课程安排，由衷地举双手点赞。

我们送来的一些书籍，孩子们特别喜欢。一个小女孩有些羞涩地悄悄问我："叔叔，您这次没带王国维的《人间词话》吗？我以前在舅舅家见到过，很想读到。"

我惊讶地问她："能读得懂吗？"她说："不是很懂，但感觉那本书写得很美。"我赞赏她的感觉很棒，回去我会专门给她邮寄一本《人间词话》，再给其他同学邮寄一本。

不承想，这些小学生除了喜欢现当代儿童文学作品，居然还喜欢惠特曼的《草叶集》、艾略特的《荒原》、卡夫卡的《变形记》、莫泊桑的《羊脂球》这类经典名著。陈老师骄傲地告诉我，孩子们的心胸无比宽阔，他们能够装得下广袤的世界……

我知道，我面前的孩子们几乎全是留守儿童，他们的父母常年在外打工，他们不仅要认真读书，还要照顾家里的老人，每个孩子都更早地肩负起了家庭生活的一些担子。可从他们的言谈举止里，我看不到任何的悲戚和怨气，只看到了阳光一样的欢颜，看到了岁月静好。

同去的一位公司经理跟我感慨道："哪里是我们来给他们送温暖，倒像是他们给我们送温暖，跟这里的老师和孩子们在一起，烦恼会被驱逐，愁苦会被抽走，抱怨会被打碎，只有感恩、热爱和勤勉，还有随时随地都能遇见的开心……"

的确如此！

我忽然想到了著名作家张丽钧的那篇美文《牡丹花水》中，怀着开花的心情，为一壶沸腾的清水，起一个俏丽昵称的那位不知名的戈壁人，想到在漫天风沙中热烈地敲着腰鼓，激情澎湃地起舞的那些陕北汉子，还有把秦腔吼得特别响亮、把信天游唱得如痴如醉的那位民间艺人……那些善于从苦中嚼出甜的小人物，最懂得"天黑下来时，爱是最暖的光"，爱意盈盈地行走人间，无论走到哪里，头顶都会有一片艳阳天。

那天，一位求职四处碰壁的博士，沮丧地向我抱怨自己的怀才不遇，我没有给他讲任何大道理，只说了那次大西北之行的一些见闻。尔后，我将陈老师那天跟我说的那六个字赠予了他——爱是最暖的光。

他若有所悟地重复了一句我的赠言，便一身轻松地转身离开了。

其实，幸福的人生，就是一次又一次携爱而行。

只因为喜欢

每到一座城市，如果时间允许，我总要找一个旧书摊逛逛，并不为着一定要淘到某一本书，只是已经养成了习惯，到旧书摊前转转，或者跟卖书人闲聊两句，就觉得挺开心的。

"旧书摊上，大多是一些陈旧、淘汰的书籍，即便里面藏有宝贝，也不值得花时间去翻找，再说了，点开网上的孔夫子书店，输入几个关键词，就可能方便地淘到自己想要的书。"有朋友不解。

"只因为喜欢。"我笑着。

"就为一个简单的喜欢，不惜浪费好时光？"朋友眼睛里仍闪着疑惑。

"好时光，就应该浪费在喜欢的事情上。"我不容置疑地答道。

就像在校园内散步，我会忽然停下来，蹲下身子，饶有兴致地观赏一群勤快的蚂蚁在忙碌地搬家，或者出神地望着一丛茵茵的绿草，一朵无名的小花，也会让我欢喜地驻足。

因为喜欢，在落雪的冬天，我会在房前清扫出一方空地，撒上一些小米，站在窗前，看一群麻雀呼朋引伴地前来啄食。

因为喜欢，在金风送爽的秋日，我会捡拾一枚红叶，抚摸它被阳光浸润的脉络，默默地欣赏它秀美的容颜。

因为喜欢，从一座庙宇走过时，我会一边认真地品味那些泅了沧桑的楹联，一边认真地抄录，生怕错过了今生如此有幸的遇见。

因为喜欢，站在一条干涸的老河道上，望着近处随风起舞的茂盛的茅草，在我细细的聆听中，仍有滔滔的水声，夹着童年清脆的笑声。

因为喜欢，我会在周末开车到郊外，钻进一片玉米地，看一株株正扬花抽穗的玉米茁壮成长的样子，那样神气端庄的自信，还流露出不可掩饰的骄傲。

在火车上，我喜欢找一个能够自然切入的话题，赶走我与对面那位旅客间的陌生，驱散旅途上的寂寞，在一路畅快的交流中感知心与心的距离，有时真的很近，很近。

走过公园，我喜欢那些跳广场舞的老人衣着光鲜，心气儿还那么高，一副定要美给世界看的样子，不好意思再说"红颜弹指老"一类服输的话。

每天清晨，我都要去早市转一转，有时候什么也不买，只为着听听那些有意思的吆喝声，看看那些熟悉的蔬菜，瞧瞧那些稀奇古怪的新物件，被喧嚷簇拥的人间烟火味，浓郁而芬芳，我喜欢一次次流连其中。

仅仅因为喜欢，我会摘抄一些自己看好的诗歌，空闲时会挑选出一首，动情地朗诵给自己听；我会选一则幽默或一个搞笑的视频，发到朋友圈里，想象着朋友笑出眼泪的可爱模样；我会经常注目对面楼墙壁上那些努力攀援的爬山虎，看它们如何从葱绿变成紫红，如何变成一匹绚丽无比的织锦；我会在某一个午夜，翻出多年前收到的那些书信，在橘黄色的灯光下，看着那些文字，怀想当年阅读时的情景；我会买一套工具，亲手搭建一栋漂亮的小木屋，孩子般地兴致勃勃，接连着好几天的忙碌，弄得满阳台木屑纷飞；我会在一个周末，翻开一本菜谱，挑选几道用料简单、操作步骤一目了然的菜品，热情满怀在厨房里忙碌一番，打电话约两个好友来家中小酌……一些寻常的小物件，一些琐屑的小事情，都因为一份发自内心的喜欢，而热情关注，悉心琢磨，沉浸其中，陶醉不已。

我的喜欢不大气，甚至有些根本不值得一提，可我就那样固执地喜欢着，有滋有味地热爱着，愿意为其花费许多宝贵的时间，因为那正是我渴望拥有的好生活。

就像喜欢一个人，有时并不需要什么理由。在一个个凡俗的日子里，我怀抱着一个又一个小小的喜欢，素面朝天地走来走去，且听，且看，且说，且笑，一派纯真，一身轻松。

因为喜欢，我看到屋檐下的一个空巢，很像一位陷入沉思的哲人。

因为喜欢，我听到春光里的一串鸟鸣，很像一位深情依依的诗人。

因为喜欢，我从袅袅升腾的一缕炊烟里，触摸到了乡村飘不散的魂魄，咀嚼出了远方深邃的味道。

多好，能够始终守着由衷的喜欢，我可以坦然地走在明媚的阳光里，也可以从容地穿过那些意料之中和意料之外的风雨。

感谢你陪我走一程

他永远无法忘记十六岁那年除夕之夜乘车远行的情景。

那天，刀子一样的西北风，钻透御寒的棉衣，吹得骨头生疼，那些鹅毛般的雪花，像抱着莫名的巨大仇恨，拼命地飘啊飘，飘得昏天黑地的，飘得天地茫茫，仍没完没了地飘着，似乎根本没有停歇的迹象。

咣当咣当的老旧的绿皮火车，在崇山峻岭间蜗行，车厢空落落的，没有几个乘客，他一个人占了两大排座位，陪伴他的除了难过，就是孤独。

他是负气出走的，因为一点儿鸡毛蒜皮的小事，跟父亲大吵了一通，一时冲动，他揣上两百块钱，头也不回地搭上最后一班长途客车，到县城火车站，买了一张便宜的车票，奔省城哈尔滨而来。一上车，他的眼泪就止不住了，在这万家团聚迎新年的时刻，他却背向而行，觉得自己像窗外被抛弃在荒原上的一株孤零零的树，没人过问冷暖。

夜色越来越深了，冷与饿一起袭来，他不由得抱紧双臂，努力地闭上眼睛想沉沉地睡去，却根本睡不着。

不知何时，他对面坐了一位神态优雅的中年女士，手执一本书，目光凝望着黑魆魆的窗外，仿佛那是一道不容错过的风景。

也许有些话在心底憋太久了，太需要向人倾诉了，她的两句关切的问候，立刻让他敞开心扉，将那些苦辣酸甜一股脑地倾倒出来，酣畅淋漓地倾诉过后，他竟有一种莫名的轻松。而她，始终平静地听他絮絮地说着，时而微笑着颔首，偶尔插一两句平常的感慨，并没有说什么安慰或开导他的话，似乎她只是一个很好的倾听者，而他正好需要。

她递给他一个面包，他迟疑了一下，便接过来一口气消灭了，她微笑着，好像心里在慨叹：到底是年轻啊，十足的孩子气。

蓦然，他觉得原拟去投奔那位远房表哥的想法实在太草率了，他只恍惚记得表哥家的住址，已经好多年没联系了，这大过年的，自己如此唐突地到来，该怎么解释呢？

她仿佛看出了他的心思，扬起手里那本外国作家写的随笔，委婉地告诉他：书里有个小故事，讲的是一个女孩与母亲发生了一时难以调和的争执，便独自去了一个风景如画的海滨小镇。在路上，她给母亲发了一条短信：不要找我，我只想到一首诗里走走。一周后，女孩一身轻松地回到家中，与母亲和好如初，似乎那场争执根本不曾发生过。

终点站要到了，雪霁天晴，她建议他下了火车，不妨先去著名的哈尔滨中央大街走走。他去了，并且很快便决定坐下一趟火车回家，不去表哥家了。

他清晰地记得，刚一进家门，他就狼吞虎咽地猛吃一通，家里人谁也没问他去哪里了，他也没说，仿佛他不过是到山外一个小村子转了一圈，然后就回来了。而他，在心底一直感激着她，尽管他不知道她的名字，甚至不知道她是做什么的，但因为她，十六岁那年除夕之夜的远行，多了一些温暖的记忆。

没有谁会与自己相伴到底，能够陪自己走一程，已是生命中值得感恩的缘。而在那短短的一程里，有人快乐着你的快乐，忧伤着你的忧伤，与你倾心相向，更弥足珍贵。

酷爱读书的同窗告诉我，雨夜其实并不宜饮酒。酒杯一端，便会有莫名的寂寞不邀而至，即使身边有好友相伴，有热闹的话题摊开，也依然有挥之不去的怅然，一如那些更行更远还生的春草。那会儿，或许翻开一本书是更好的选择，可以约请一位书中的陌生朋友，陪自己听室外若断若续的檐雨声，跟随着那些精美的文字，不知不觉地走进广袤的天地间……

在北极村漠河，我邂逅了一位七旬老者，他一个人拎着一台高级单反相机，背着简单的行囊，沿着边境线，一路行走一路拍摄。问他是否孤独过，他笑着："怎么会呢？每天都有一些新鲜的风景，陪着自己走一程。"

只要有美景陪着自己走一程，就足够了，因为那里面有喜欢，有发自内心的感恩。我敬佩老者不奢求更多的洒脱，欣赏他跟着热爱一路跋涉的充盈。

一天，跟随几位同学去看望高中的语文老师，年届八旬的她，仍能准确地叫出我们每个人的名字，我们惊讶她超强的记忆力，她却笑着说："感谢你们做一回我的学生，陪我走过一段美好的青春岁月。"

应该感谢老师陪我们走过了生命中特别重要的一程，让我们拥有了今天这样幸福的生活。我们不约而同地倾吐心声，老师孩子般地笑了："那就感谢命运吧，感谢我们美丽的遇见，感谢我们相互陪伴着走过了生命中难忘的一程……"

这一程有你相伴，那一程有她相陪，即使走着走着就散了，可总有些足印无法抹去，总有些记忆无法模糊，在越来越深的时光里，一些短而美的陪伴，就像一首老歌，熟悉的旋律再次响起时，似已平静的心海仍会荡起一圈圈的涟漪。

感谢那一程有你陪伴，我的欢愉与你有关，我的悲伤与你有关，或许你早已淡忘，而我会深深记得，那些如诗的时刻，那些如画的场景。

卑微常常如此之美

社区小诊所,他半扶半拖着腿脚不利落的胖儿子,一脸汗津津地站到医生面前,愧疚道:"又来麻烦大夫了,他这几天喘得厉害了。"

医生熟悉眼前这个患了哮喘的小伙子,也知道他窘迫的家境。做过检查,医生将他拉到一旁,低声与他商量:"病情加重了,这回得用一点儿高级的药了。"

"我懂,药费要多出很多吗?"这是他不能不关心的问题,日常的生活开销,常年吃药的妻子,和哮喘难以根治的儿子,都需要他这个环卫工每月不足三千块钱的工资支撑。

"得比往常多三倍吧。"医生明白,对很多人来说并不算高的药费,对他来说则是一座沉重的大山。

他长长地"哦"了一声，很快便坚定道："那也得治，您先用上药，我去借钱。"

儿子在病房里打点滴，他在走廊里徘徊，在脑海里努力搜索可能借到钱的对象，但他还是失望地摇摇头，无助地对着墙壁，眼里满是说不出的苦涩。

我走过去，问他需要借多少钱，他说一千六，我从钱包里掏出两千，递到他手里："先拿去给孩子看病，啥时候有了再还我，借期无限。"

他惊喜地道谢，说遇到好人了，向医生借了纸笔，执意给我写了借条，还非要记下我的联系方式。我无意让他还钱，便随意编了一个单位名字和电话号码，出门就将借条扔了。

又是一个飘雪的冬日，我向地铁站口走去，忽然听到有人大声喊我的名字，回头看见了他，他手里拿着清扫工具，兴奋道："哎呀，终于找到你了，好心的恩人。"

于是，我知道了他这大半年来一直在寻找我，他向社区不少人描摹我的形象，请大家帮忙找到我，他说不把钱还上，他会心不安的。拗不过他，我只得接过他从贴胸的衣兜里掏出的一叠钱，不好意思道："那不过是我举手之劳的事，难为您这么认真，孩子的病情有所好转，是我们都开心的。"

"我最难的时候，你出手相助，我会一辈子铭记，你是我们家的救命恩人。"他给我深深鞠了一躬。

我赶紧冲他一抱拳,感动地回敬:"我还要感谢你呢,你让我看到了很多美好的东西。"

在街角,一大把年纪的她,衣衫整洁,笑容可掬,常年守着一个烤地瓜摊,铁皮桶改造而成的烤具,有时用炭火,有时用碎木桦子,个头大小不一的地瓜,经她一番细心烘烤,外焦里嫩,远远地就能闻到一股诱人的香味。

我时常在她的小摊前停下,买一个刚出炉的烤地瓜,边吃边与她聊天,或者买几个带给同事们。我知道,她的丈夫去世较早,她下岗快二十年了,就靠着卖烤地瓜,她将女儿送进了中国传媒大学,她说女儿从小就喜欢写东西,考的是影视编剧专业,梦想能成为一名剧作家。说到女儿的懂事,她一脸的自豪:"女儿说将来要编一部老百姓喜欢看的电视剧,主要人物就是我这样摆摊的、送快递的、打零工的,还说要给我安排一个角色,到时候邀请我去演出,说我肯定能演好……"

她起早贪黑,不辞辛苦,眼前这个小烤炉,带给她的收入,也只是勉强维持很低限度的温饱,但从她苍老的面颊上,我看到更多的是知足与感恩,是让人深受鼓舞的憧憬,没看到一点儿愁苦,也从没听她抱怨过。

没有顾客光临时,她喜欢拿一本书翻阅,令我惊讶的是,她读的不是《故事会》一类的消遣性杂志,也不是内容浅显的流行小说,而是朱光潜的《美学散步》、屠格涅夫的《猎人笔记》一类的高雅书籍,我问她是否看得懂，她坦言很多内容看不懂，可有些内容仔细琢磨一下，似乎懂一些，而且越琢磨越有意思。那天，我看到她在翻阅美国著名剧本评阅人罗伯·托宾的创意写作畅销书《好剧本如何讲故事》，她说那是女儿买的，放在家里没带到学校去，她就拿来翻翻，或许等女儿放寒假回来，她可以谈一点儿自己关于编剧的想法，或许对女儿还有启发呢。

真是一位不寻常的卖烤地瓜的老妇人，我不禁对她肃然起敬：赚钱不多的日子里，因为有了春花一样绚丽的憧憬，有了不失深度的阅读，艰难悄然滑落，伤感自然消逝，一个卑微的小人物，也可以如此尽情地释放优雅的光芒。

在生活中，我遇到过很多她这样平凡的小人物，他们职业不尊贵，工作艰辛，不少人始终生活拮据，他们却用朴素的一言一行，带给我许多感动：那位每天攀爬在脚手架上的建筑工，一次次地给上小学的儿子讲述自己如何像"蜘蛛侠"那样，手脚灵活地攀到高楼大厦的顶端作业；那位聪明又能干的快递小哥，眼疾手快，还善于动脑筋，快递量在公司众多快递员中每月都名列前茅；那位走街串巷疏通下水道的中年男子，准备钻进污浊的下水管道前，一边细心整理安全设备，一边吹着动听的口哨，仿佛在执行一项开心的巡逻任务；那位刚做过乳腺癌手术的煤气抄表员，整天乐呵呵地逐户上门巡访，热心地提醒大家注意用气安全，耐心地教大家防范无孔不入的骗子……他们忙忙碌碌，辛辛苦苦。有阳光一样的快乐，也有秋雨一样的忧伤，有明媚的渴望，有踏实的打拼，有坚毅的目光，偶尔也有沉重的叹息。本色的生活，闪烁着直逼心灵的光芒。

那些草木一样卑微的人们，一直在我身边走动着，他们的身影平凡而可爱，他们的品性纯正而伟大。面对他们，我的许多诗句陡然获得了泥土般的滋养，我的心田也常常被一些光辉照耀着，那么多触手可及的美好，叫我常常感动，并在感动中提醒自己：一定要活得更幸福一些，更优雅一些。

心疼那些细小的生命

一位学者在回忆母亲的文章里，动情地讲述了一件很小的往事：

明媚的一个春日，他拿到省数学竞赛一等奖的证书，小鸟一样欢快地雀跃着去向母亲报喜。此时，母亲正在院子中晾晒被子，阳光浸出了一股好闻的棉花味。他举着红彤彤的获奖证书，像举着一束漂亮的鲜花，脸上是一览无余的自豪。母亲的欢喜尚未启程，便戛然而止，她指着他的脚心疼道："看你，走路毛毛躁躁的，踩死了一只蝴蝶。"他低头，才看到一只蠕动的毛毛虫，不知怎么钻到了他的鞋底下。

母亲告诉他，每一只漂亮的蝴蝶，都是由丑陋的毛毛虫变的，并提醒他平时走路一定要小心，别踩到蝴蝶的妈妈。

学者是著名的美学家，他的母亲只是一位识字不多的农村妇女。耄耋之年，他犹深深记得母亲当年的教诲，并真切地感激母亲当年慧心的引导："怀一颗悲悯的心，疼爱身边每个细小的生命，悉心呵护，不伤害无辜的生命，不仅会捕捉到很多美，还会诞生很多美。"

小时候，蛙声嘹亮的夏夜，有萤火虫闪着明明灭灭的小灯，从菜园子里飞进院子，又飞到门口的土路上，飞到路边的草丛里。满怀好奇的我，拿来一个玻璃瓶子，想捉几只萤火虫放进去，母亲连忙拦阻："萤火虫是一家人出来散步的，你捉住一只，它的家人会着急，会伤心的。"

我有些不甘心地反问："那三三两两的萤火虫怎么会是一家呢？你怎么知道别的萤火虫会伤心？"

母亲搬出坚定的理由："老辈的人这样告诉我的，你要是不听，天堂里的先人会不高兴的，就不能保佑你健康成长了。"

对逝去的先人，我是心存敬畏的，更期望居住在天堂里的先人，喜欢懂事明理的我，保佑我能够健康地成长。自然地，我打消了捕捉萤火虫的念头，只一路追随那些可爱的小家伙的身影，不远不近地欣赏。

一天，我忽然看到墙角的泥缝里，长出一棵野草，我伸手想薅掉它，母亲却说："留下吧，它长在这里已够可怜的了，缺少阳光，缺少雨水，它也想好好活一回啊。"

孤单的一株野草，因为母亲的悲悯，在墙角兀自绿了一个春季一个夏季，在秋天里枯萎了。多年后，我仍感谢那株野草向我生动地讲述了"人生一世，草木一秋"的深刻哲理。

随我搬进城市里生活的母亲，还时时保持着她的菩萨心肠，见到一只流浪猫，她把自己舍不得吃的饼干递过去；见到雪地里辛苦觅食的几只麻雀，她将刚买的小米，抓一把撒到小区的空地上，站在窗前看麻雀叽叽喳喳地啄食；见到一只不知从哪里爬进来的蜘蛛，她说它是来报喜的，小心翼翼地用塑料袋兜住，再放到门口的花坛里……似乎周遭的每个细小的生命，在母亲眼里，都是神圣的，都需敬畏，都需关爱。

那天晚上，我在小区里倒车，一不小心，轿车撞到一棵刚移植来两年的柳树上，车前脸留下一道明显的刮痕，我心疼刚买来的新车，赌气地踢了一脚蹭掉了一大块皮的柳树。恰巧这一幕被母亲看到了，她过来训斥我："你弄疼了树，该赔礼道歉，怎么还怪罪受伤的树呢？"她赶紧找来一块棉布，细心地为柳树包好伤口，还用一根麻绳系紧。她手里忙着，嘴里还念叨着："对不起，弄疼了你，对不起，让你遭罪了。"好像打了绷带的那棵柳树，是她至亲至敬的亲人，伤得让她心里十分难受。

第二天早晨，看到天阴得很，一场大雨即将来临，她立刻在柳树那严实的绷带上，又包裹了一层塑料薄膜。她说，不能让雨水浸疼了柳树的伤口。

心疼身边那些细小的生命，是母亲一生恪守的信条。不单单因为母亲心地无比善良，还因为她懂得尊重每一个生命，一草一木，一鸟一虫，都值得好好疼爱，好好珍惜。

那么多美好触手可及

冬日的午后，如约而至的雪无声地飘着，落光了叶子的枝头，也覆了一层圣洁的白。

一个来自南国的小女孩，站在雪地里，仰起头，张开双手，欢喜地接着一朵朵晶莹的六角小花，仿佛站在春天的梨树下，接着纷纷扬扬飘落的花瓣。

两个七八岁的小男孩，索性躺在雪地上，美滋滋地打起了滚，厚厚的羽绒服，压过柔软的雪毯，亮晶晶的眸子里，闪着拥抱童话世界的欢悦。不远处两个石凳上，一只淘气的麻雀正在上面用脚作画，左一笔是自然，右一笔是有趣。

一位快递小哥的摩托车，猝不及防地在雪地上打了个出溜滑，他优美地摔倒了,附近的人赶紧跑过去,扶车的扶车,扶人的扶人,帮他收拢散落一地的包裹,他不顾被磕疼的膝盖,先关心那些包裹。还好,客户的东西一件都没摔坏,他咧嘴笑了,像遇到了开心的事。

上了公交车,我忽然发觉,钱包落在家里刚换下的衣服兜里,正尴尬着不知所措,一位白发老人递给我一元零钱,微笑着安慰我:谁都会有忘事的时候,看看窗外的雪,下得多美啊。

跟同事聊起一桩陈年趣事,两人笑翻了,他将一个水杯碰倒,我手忙脚乱地去收拾被弄湿的一张图表,不小心脚下一绊,两个人来了一个大大的熊抱,旋转的办公椅被猛然撞倒,挣扎中,将桌子上的文件噼里啪啦地弄了一地,两人坐在地上,互指着对方,笑个不停。

在走廊里,遇见做保洁的秦阿姨,她要送我一小盆正盛开的迎春花,感谢我前几天跟公司领导夸奖了她的敬业,领导给她加了薪。我告诉她,因为她做得确实很好,我只不过实话实说而已。秦阿姨十分满足地跟我说,她一个普通的保洁员,在这里做事挺舒心的,上上下下,对她都很尊重。

快下班时,接到音信断隔多年的一位同窗的电话,刚聊了几句,她便关切地问我上大学时得的偏头疼,如今是否已经全好了。听我说我偶尔还会犯,她立刻向我推荐一个偏方,叮嘱我再头疼时不妨试一试,我愉快地答应了。放下电话,心里久久地温暖着,虽说那个偏方我早已用过,效果并不明显。

回家的路上，转过一个街角，我碰见一个卖白菜的老农，那些在菜窖里储存多时的白菜，依旧青白分明，憨态可掬，价格也公道，我毫不犹豫地买了一棵，抱在怀里，像抱着一件宝贝，踩着咯吱咯吱的雪，一脸幸福地朝家里走去。有陌生的路人冲着我笑，也许是因为我身上的名牌大衣，与怀里紧紧抱着的大白菜，是一种滑稽的"混搭"吧？

热气腾腾的厨房内，妻子正煲着菌汤，香气扑来，我口舌生津，夸赞她贤惠能干，一些普通的食材，她也能调制出可口的美味。她就打趣我，说我毫不吝啬的夸奖，是她手艺不断提高的动力。

女儿放学一进屋，便向我们报喜，她在全校英语演讲比赛中获了二等奖。两年前，她还不喜欢上英语课呢，生怕自己不标准的发音，被同学们嘲笑。我帮她总结，第一要感谢她自己的努力，第二要感谢妈妈耐心的陪练，第三要感谢我这个英语一直蹩脚的"反面教材"反衬性的鞭策……

一家人围坐在小小的餐桌边，吃着简单而有营养的美食，嘻嘻哈哈地说着各自的见闻，温馨的人间烟火味里，飘逸的正是如诗的好时光。

静静的夜晚，在柔和的灯光下，我摊开一本新买的书，一句有韵味的话，立刻击中了我柔柔的心："每一朵远走他乡的花，都会记得一路陪伴的风。"

抬头望向窗外，灯火阑珊，能真切地嗅到空气里弥漫的热闹，不远处一家大型超市霓虹灯闪烁的巨幅广告牌，正热烈地渲染着，城市活色生香的夜生活刚刚拉开大幕……

目光所及，那么多动人的美好，微小而细碎，随手就能够触摸到，微风一样自然，雪花一样轻柔。不用刻意找寻，只需怀一颗温润的心，跟着爱，轻轻走去，便能轻松地拾取一串串的欢喜。

天地有大美，学会向明媚的事物低头

风会记得一朵花的香，雨会明亮一株
草的眼，万物皆美，有一颗欢喜心，
随时都能看到那些明媚的事物，或许
是一溪清流，或许是一山巍峨，或许
是姹紫嫣红，或许是天高云淡……懂
得欣赏的人，会情不自禁地低下头来，
向那些美好的事物致敬。

向低飞的麻雀致敬

看到有着土地一样肤色的麻雀，我就禁不住想到那些散落在城市或乡间的寻常百姓。

麻雀，是很懂得随遇而安的鸟类。在我越来越清晰的乡村记忆里，它们是最愿意与人亲近的鸟。什么时候飞起，或者落下，都离人不远，似乎生怕溢出了人们的视线。它们喜欢从爬满牵牛花的矮矮篱笆墙上飞过，扑簌簌地落到院子里，落到婆娑的柳树上，落到不高的鸡舍或牛棚上，落到车辙深深的土路上……整日飞得低低的，低到尘埃里，卑微而从容，从来不怕被人嘲笑"不知鸿鹄之志"。

作家苇岸在《大地上的事情》一书中，对麻雀的赞许直截了当："它们的淳朴和生气，散布在整个大地上。它们是人类卑微的邻居，在被无视和被伤害的历史里繁衍不息。"

在我烂漫的童年时光里，给过我最初的人生启蒙的，便是那些样子十分土气的麻雀。它们像一群真诚而随和的朋友，常常不邀而至，很随意地站在檐角上、树枝上、磨盘上、猪槽上……几米之远，与我保持着一个温馨而稳妥的距离，向我投来友好的目光，也接受我欢欣的注视。

第一缕晨曦涌进窗口时，它们已经落在大地上了，聚到一起，叽叽喳喳，像是在讨论一个重大的主题，都积极地畅所欲言，不遮不掩，一派民主，很君子，也很平民。

更多的时候，它们跳来跳去，忙忙碌碌，寻觅着果腹的食物。好在它们从不挑食，荤素皆宜，粗细尽可，既能饱餐得趴在树上一动不动，也能饥肠辘辘地隐忍着，任寒风阵阵扑面而来。

早年时，秋天乡间的场院，或许是它们最喜欢的餐厅了，农人们收起了苞米、谷物、大豆等庄稼，总会遗落下一些粮食，它们在欣赏了农人们的丰收后，也欢喜地拣拾一些大地馈赠的礼物。

陈伯是我尤为敬佩的农民，他是远近闻名的庄稼能人，他的麦田里从不摆放穿了破旧衣裳的稻草人，他说那样做，的确会吓跑不少胆小的麻雀，但没了麻雀的光顾，有些害虫也会肆无忌惮地吞食麦子。麻雀可以捉去不少害虫，一春一夏，它们都在不声张地劳作，付出了不少辛苦，就算是吃一点儿麦粒，那也是理所应当的。有功劳的麻雀，难道不应该得到一些奖励吗？

陈伯朴素的见识，闪着乡村智慧的光泽，也彰显着鲜明的乡村伦理。

在高楼林立的都市里，麻雀也是很容易见到的，尤其是在楼宇不大高的小区里，随便的一块空地，都会成为它们自由漫步的操场。有时，趁着市民们没有起床，它们也会飞到健身器材上，活动活动筋骨，交流交流有些朦胧的梦境……

有时，我站在六楼的阳台上，望着它们悠闲地在小区里踱着方步，一副主人的模样，我就忍不住猜想——或许它们也和我一样，来自遥远的乡村，也是背井离乡，将这里当作第二故乡了吧？甚至它们就是我童年见到的那些麻雀的后代呢……这样一想，便更多了一份亲近，有了"他乡遇故知"的欣悦。

最让人肃然起敬的，是麻雀的"不自由，毋宁死"的战士一样的血性。人类驯服了许多鸟类——画眉、鹦鹉、凤凰、杜鹃、金丝雀……它们被关在笼子里，为享受不劳而获的美食，换着法子向人类献媚，全然失去了本该拥有的高傲心性和高贵尊严。而一向谦卑得毫不起眼的麻雀，偏偏是鸟类大家族里最有骨气的，它们坚决拒绝被豢养，即便是被捉住了，被困在笼子里面，也会百般挣扎，抗争到底，最终明白自己注定无法逃脱，也要不食不饮，绝食而亡。从来没有一只麻雀，愿意用牺牲自由，来换得一份安逸无忧的生活。

那些低低飞过矮檐的麻雀，很像我乡间里那些淳朴的农民，无论是一辈子待在乡下，还是闯入城市，面对接连不断的诱惑，他们始终不卑不亢，活得简单而磊落，至于某些权势的欺凌，也只能让他们仰起高贵的头颅。就像祖父说的那样：一只麻雀，都能活出了自己的精气神儿，一个人无论走到哪里，也应该活得腰板挺直，无论穷富，无论贵贱。

麻雀是天生的哲人，它们喜欢用朴素的言行，向我们传递深邃的哲思，里面有真，有善，还有着生命不可或缺的大美。致敬一只低飞的麻雀，会在莫名的感动中，顿悟人生的某些要义。

芍药

　　要举家搬往一座新城市，蕙质兰心的友人送我一盆开得正繁盛的芍药，并告诉我："知道吗？我在学古人呢，送别时赠芍药，因为它还有一个好名字，叫将离，若是我想你了，就给你寄一束文无，也就是当归。"听她说出这般寓意深情的花语，我不禁心生暖意，别离的伤感中，陡然多了一份知音永在的欣然。

　　相传，芍药并非人间花种。某一年，人间发生了一场特大瘟疫，满目疮痍，花神于心不忍，便乞求王母娘娘解救世人，王母娘娘未应，花神便盗取王母娘娘的仙丹撒落人间，仙丹落地生根，长出了美丽无比的芍药，以其根入药，解了人间瘟疫。其实，芍药通身皆是宝，其根、其叶、其花皆可入药，可养血润肝、散郁祛瘀，还有美颜之效。

《本草纲目》有言："芍药犹绰约也，美好貌。此草花容绰约，故以为名。"原来，芍药之名，乃由"绰约"之音演变而来。芍药花大色艳、花姿妩媚，又名娇容、余容，被誉为"花相"（花中宰相），许多人分辨不清芍药与"花王"牡丹，常常将难分伯仲的两者相提并论。实际上，牡丹属木本花卉，芍药属草本花卉，花瓣呈倒卵形，花盘为浅杯状，枝干细长如茎，如弱柳扶风，似轻柔曼妙的少女，开得娇艳，开得婀娜，很容易令人心生怜爱之意。

古时男女相悦，常以芍药相赠，以表结情之约。而在许多欧美国家，芍药也倍受青睐，是当仁不让的"花中女皇"，自然成为手捧花的头牌，在新婚盛典上，新娘手上会捧一束惹人注目的芍药花，美丽的情思一览无余。

有时，人生之幸，便是能够与相亲相爱之人一同看花开花落，人生之不幸，便是在别离时分泪眼看花、无语凝噎。犹记得那鲜衣怒马的少年时，五月的一个风和日丽的上午，一群白衣胜雪的年轻人，骑着单车，一路欢歌地奔向市郊的芍药园，惊呼那些完全可以媲美夭夭桃花、艳艳锦花的芍药花，竟美得如此夺人心魄，或粉或红或白的叠叠的花瓣，鹅黄的花蕊，油绿的叶子，微风拂过，缕缕清香，真是美不可言。

那日，去新婚燕尔的朋友家，见朋友家的餐桌上摆了一个精致的花瓶，内插一束灼灼欲滴的粉红色芍药，一股喜庆的味道立刻扑面而来。朋友不无惬意道："所谓的幸福时光，不就是一张桌、两个人、三餐、四季，把寻常的日子过出花开的模样吗？"

多好的幸福感言啊！红尘滚滚，爱意盈怀，伴着那般俏丽无比的芍药花，欢喜会生长，希望会葳蕤。会霍然发觉：诗意的生活，不只是在远方，还有眼前这样芍药花热烈簇拥的好光阴。

和一位著名的园艺师聊到芍药，他情不自禁地慨叹："芍药，还真不似人间凡花，花期短暂，每年春天盛大地降临，绚烂至荼蘼便倏忽而去，若还想欣赏，就只能等到来年了。"原来，芍药花凋落不久，其枝干便渐渐枯萎，等到了冬天，地面以上的部分，就全都死净烂光了，唯有地下的根在悄然蓄积营养，等待春天的召唤，一俟春风拂来，便突然冒出火红的新芽，并迅速生长，开出绚美如玉的花朵。

"醉对数丛红芍药，渴尝一碗绿昌明。"诗人白居易欣赏芍药，无论是身处人迹罕至的山野，还是置身繁华热闹的都市，都不负韶华，不失美好，开就开得艳丽无比，落就落得干脆利落，自自然然，洒洒脱脱，不争、不抢、不妒，将君子的真性情流露无余。

落雪的冬日，读张宗子《陶庵梦忆》，翻至描写芍药一节，瞬间便被惊住：他竟将芍药称作"一尺雪"，三个禅蕴深深的字，三个情意绵绵的字，三个令人遐思悠悠的字，既超凡脱俗，又不失人间烟火味，真是叫人拍案叫绝。

牡荆

山野中、村路边、沟壑间，时常会碰见一丛丛随遇而安的牡荆，褐色的根茎在泥土里紧紧相握，对生的五片或七片的叶子在风中婆娑起舞，彼此相近，却不拥挤，疏疏爽爽，亲而不密，洒然若翩翩君子。

牡荆长得随意而粗放，一副漫不经心的样子，恍若看透了世间沧桑，它不似树木高拔直挺，也不似草木葳蕤，枝疏叶大，随便的一隅，不问肥沃薄瘠，不管阴阳冷暖，只是缓缓地生长，不徐不疾，仿佛与世无争，却于一片柔和之中，尽显生命刚劲的个性。

荆枝呈四菱形，枝上生着许多细密的灰白色绒毛，那既是抵御昆虫产卵的利器，也是传播种子的好帮手。将荆叶轻轻一揉，立刻

会散发一股独特的香味。每一根荆条皆柔韧无比，可以随意弯曲却难以折断，真可谓刚柔并济。

牡荆花开成穗，或淡紫色的，或红紫色的，朴素如一村姑，无半点儿张扬之态，花蕊上有细微的绒毛，序梗上也生有细密的绒毛，于简单的绽放中，添了些许细腻的意味。荆花还是上等的蜜源，琥珀色的荆花蜜气味清香，颗粒细小，甘甜适口，与枣花蜜、槐花蜜、荔枝蜜并称"四大名蜜"。

古时，有些贫寒人家的女子，抵不住扮美的心思，却无钱购得金钗银钗，便以荆枝为钗，布裙荆钗，一派素然，没了珠光宝气，自呈一份淳朴之美，颇显草木本色。

小时候，在山间行走，时常会被突然冒出的一丛牡荆阻挡了去路，或伸手拨开抖动的枝叶，穿荆丛而过，或干脆绕过，不与之计较。在牡荆粗粝的外表下，藏着一颗柔软的心，那个众所周知的典故——负荆请罪，说的便是知错的廉颇，背插荆条，登门向蔺相如坦诚道歉，恳求责罚，真的是意味深长。那一截幸运的荆条，穿过逾千年的风烟，仍美好地讲述着那脍炙人口的历史往事——将相和。即便是做了荆杖，牡荆也在一边肩负着惩戒之责，传递着叫人醒悟的痛楚，一边流露着令人感动的慈爱。

在山村生活的那些日子里，父亲喜欢用柔韧的荆条编织大大小小的筐、篓，将简单的日子打理得井井有条：编一个荆篓，里面放些柔草，母鸡们便可以安心地在里面生蛋；编一只荆筐，可以挎着去采野菜，也可以吊在房梁上存储食物，还可以用担子挑一对荆筐，运土、运肥、运粮、运草……那些巧手编织的荆筐、荆篓，曾是乡间寻常的物件，几乎家家屋内屋外都会见到，一如那些曾经风光无限的石磨、碾子、犁杖，如今都成了老照片里生动的记忆，轻轻抚摸，还能唤来一段段难以忘怀的旧日好时光。

牡荆又名黄荆，全身上下都可入药。小时候，身上起了湿疹，邻居大婶扯来几片鲜嫩的荆叶，用捣蒜的石杵捣烂，一敷上去，立刻就止住了瘙痒，没多久，湿疹便消失得无影无踪，甚是神奇。折几段荆条，用水煎服，可治疗支气管炎；牙疼时，取鲜牡荆根和鸡蛋一同煎汤，喝上两次就不疼了；若是患上了咳嗽、哮喘、消化不良，取一些牡荆种子，配上其他常见药材，调出一个小偏方，有时也会药到病除。后来，读了李时珍的《本草纲目》和一些药书，惊讶味苦的牡荆，竟是消痛去苦的良药，直叹这寻常的植物实在不寻常，就像一些其貌不扬的乡下人，身怀绝技，却经常深藏不露，一出手就令人惊愕不已。

看陈晓卿团队制作的美食纪录片《风味人间》，惊喜地看到，几经研磨、过滤，青色的荆条居然还能提炼出用于发酵的食用碱，且有抑菌防腐之效。突然想起，湖南的一位好友，喜欢在做豆豉时，像他的祖母那样将炒好的黄豆放在铺展开的荆叶上，浸润了些许荆香，这样做出的豆豉味道更美。

如今，精心培育的新品牡荆，已从乡野走进现代都市，漂亮的紫色穗花牡荆盆景，或置于阳台，或置于客厅，或摆在案头，淡淡清香拂面而来，养眼、养鼻亦养心。庭院里的一丛丛精心剪裁的牡荆，聚拢一簇簇幽蓝，素朴典雅，馨香四溢，只是瞧上几眼，炎炎夏日里也会神清气爽。至于萃取荆花和荆叶，悉心提炼而成的牡荆油，更是绝佳的护肤品。

寻常无奇的牡荆，一如我们平素遇见一些小人物，普通、卑微，却会向我们展示出那么多的好，连同那么多的真，那么多的美。

向日葵

　　乡村随处可见的诸多植物当中，我最喜爱的是向日葵。它们或成片地群聚于田野，或散落在农家的菜园，或零星地长在河堤旁，或独自长在山坡上……无论土壤肥沃还是贫瘠，向日葵在哪里都恣意地释放生命的热烈，从不掩饰忠贞追随的秘密。作为阳光的痴情恋人，它们活得率真，活得神采飞扬。

　　我曾经在一堆嶙峋的乱石缝间，看到一株向日葵，或许是某个采石人无意间丢下的一粒种子，它就在那坚硬的沙石间，那般不管不顾地，无畏近乎窒息的干渴，将柔韧的根死死地扎向深处，倔强地生长起来，迎向酷热的太阳，勇敢而坚决。它圆盘状的花朵，像一则寓言，又像一首歌谣。

当大片大片的向日葵一起盛放时，那金黄色的汪洋，多么像大地上繁丽铺展的锦缎，那种令人目眩的巨大震撼，让人不敢与之长久地对视。甚至，只那么远远地一望，便有一种莫名的崇拜，訇然而至。

最懂得向日葵的，是著名画家凡·高。偌大的画布上，极浓的水彩，摒弃渲染烘托，只浓墨重彩那些盛开的向日葵，简洁、犀利，有些变形，有些夸张，但无不透着直逼根底的决绝。

凡·高画作中的向日葵，是孤寂的，也是张扬的，其深不可测的玄奥，需要非凡的眼光才能赏识。正因如此，他生前作品鲜有人问津，如今每一幅都在拍卖会上广受追崇。不排除有商业炒作的因素，但凡·高笔下那些摄人魂魄的向日葵，散发出的独特的艺术魅力，更契合现代人的审美理想，满足现代人的某些心理诉求。

炎炎夏日的午后，我坐在窗前，望着自家小园子里的一排向日葵，有牵牛花讨好地缘着它们向上攀援，有豆角秧依恋着他们健壮的身躯疯狂地生长，旁边的那些韭菜、生菜、茄子、辣椒等，则一律地向它们仰首致意。而它们，有几分随和，又有几分孤傲，在所有开花的日子里，都只管无所忌惮地追随太阳的升落，那样赤裸裸地表白，令许多爱情诗句黯然失色。

向日葵从来都不看别人的眼色过日子。这是一位七旬老农的一句朴素的赞叹，他是我印象中最勤勉的农民，一辈子躬耕十几亩薄田，风调雨顺也罢，年景惨淡也罢，他谙熟季节的语言，懂得土地的真谛，守着一份简单得一览无余的生活，他感恩而知足。在我心中，他已活成了一棵从容的向日葵，淡定而不失浓烈。

成熟的向日葵，会垂下高傲的头颅，像一位谦谦君子，在西风嘹亮的颂词中，将一份骄傲的饱满，呈现在深邃的十月。那些原本紧紧相拥的饱满而油亮的种子，将会以另一种友好的方式，走进我们寻常的生活，或作为大众的零食，不分季节地芬芳我们的口齿，或榨成上好的葵花油，香郁我们总爱挑剔的肠胃。

有一年冬天，一位分别二十五年的初中同学，来省城看我，背来一袋粒粒饱满的黝黑锃亮的向日葵瓜子。坐在那家高级饭店豪华的包房内，等着上菜时，我们一起嗑着他精心挑选的瓜子，一颗又一颗，仿佛嗑着悠悠的岁月。

我说："老同学，这毛嗑儿（向日葵瓜子的俗称），有故乡纯正的味道。"

同窗说我没有忘本，还是那么重情重义，我说他带来的礼物太好了，真的懂我。然后，我们情不自禁地聊起了与毛嗑儿有关的一些旧事，那里面有欢欣，也有伤感。无疑，向日葵是我们青春成长的见证者，也是参与者，许多藏在岁月深处的往事，都像一颗颗向日葵瓜子，即使沉默无语，也不失芳香。

一日，读到朋友写的一首诗，读到"那一路追随阳光与梦想的金黄，多么像我年轻岁月铿锵的誓言"两句，不禁怦然心动：站在诗句中的向日葵，承载了我太多的记忆，颗颗晶莹，粒粒馨香。

爱上柳编

    无意间，点开一营销柳编产品的网站，柳筐、柳篓、柳包、柳笸箩、柳匾……琳琅满目，品种繁多，有突出盛装物品实用价值的，也有突出工艺品特质适宜收藏的，均为纯手工编织，编织技法也是多种多样，有经编、扭编、平编、立编、钉编中的一种或多种组合，有精编、细编、透花编、套色编、染色编、混合编……真叫人赏心悦目。

    我边看边啧啧地赞叹，那些来自乡野的寻常无比的柳条，经过慧心巧手的一番精细加工，居然神奇地变化出那么多十分接地气的好物件。

    其实，尚在孩童时代，我便爱上了柳编，因为每一件柳编都凝了植物的神韵，都漾着生活浓郁的气息。

印在我幼小心灵里的柳编画面，那么温馨而生动：慈眉善目的祖父，经常会坐在院子里，在脚旁摊开一大堆柳条。他会先端详一番那些备选的柳条，在心里有一个大致的筹划，再挑挑拣拣，将一根根柳条依次拿起，接着，便像指挥千军万马的将军，开始认真地排兵布阵，为每一根柳条选择一个合适的位置。

那些随遇而安地散落在山中、荒野、河畔、堤下的柳条，许多做了烧柴，只有其中的一些幸运者，被祖父的慧眼相中，被统统带回家中，在鸡鸭们自由散步的农家小院里，静静地等候主人的挑选，被一一赋予相互配合、风雨同舟的使命。有的柳条，原来就是十分熟悉的邻居，这会儿变得更加亲密相依了；有的柳条，原本互不相识，这会儿也立刻学会友好相处、齐心协力建构一个理想的物什。

一辈子与山林打交道的祖父，是村里有名的柳编高手，他不仅能够一眼就辨识出哪些柳条适合编织哪种物什，能随手挑出某些滥竽充数者，他还擅长调配它们，或捏，或揉，或压，或烤，让柔韧的柳条更柔韧，让它们欢欣地各就各位，各尽其职，各展其才。

第一次见到祖父点燃茅草，抓过一把柳条在火苗上稍微烤一下便迅速拿开，或将柳条在火星迸射的灰烬里埋上一小会儿，待空气里散出柳条的香味，再用一块布条擦去上面的灰尘，轻轻拧一拧柳条，放置在一边备用。我好奇地问祖父，为何要稍稍加热柳条呢？祖父跟我解释——那样用火烤一烤，柳条会变得更柔韧，编起来会更顺手。

在那个物质生活相对贫瘠的年代，柳编在乡村里是颇受欢迎的，需求量也是蛮大的。要晾晒脱粒的玉米、稻谷，需要直径一米半以上的大柳笸箩；要晾晒辣椒、萝卜条和各类干菜，需要中等的柳笸箩；要挑土、装菜、运物，则需要成对的柳筐；要储存更多的玉米棒，则需要高大的柳囤；置于灶间盛干粮，有一只小巧的柳篮即可；要装些针头线脑，得编一个更精致一点的袖珍柳箩……我想去小河里捉鱼，祖父就给我编了一个大肚小口的柳篓；我想在雪地里捕鸟，祖父就给我编了一个孔隙均匀的柳筛。祖父似乎有一双无所不能的巧手，抓过一捆柳条，一会儿的工夫，就能满足我的愿望。祖父告诉我——柳条善解人意，愿意给人们做任何事情。

作为一名数学老师，父亲的柳编技术也很出色，只是因为要忙碌的事情太多了，他很少编那些小巧而精致的器物，主要是编一些更实用的柳筐、柳篓、柳匾。因为他白天要忙学校里的工作，下班后还要侍弄房前屋后的菜园子，他只能忙里偷闲，做柳编多选在雨雪天，或冬日的晚上。很自然地，编织的场所，便转移到了室内。如此一来，拥挤的小屋里就又多了一些柳编的温馨。

那会儿，母亲坐在炕上裁剪鞋样或缝补衣裳，我和弟弟、妹妹伏在饭桌上写作业，父亲则在地上摆开编织的战场，一家人手里各忙各的，也有话题不断转换的交谈，说说笑笑间，一家人便都把手头的事情做完了，还有了一番愉快的交流。

在乡村里，使用频率极高的一些柳编，难免会加快其损毁的速度。当一个柳筐不能担负盛装或运输的任务时，便要宣告退场。这时，就要拆掉它，拆成一堆干干的烧柴，让那些劳累了许久的柳条，变成温暖的火焰，再为我们热情地服务一次。

一个柳编被淘汰了，很快会有另一个柳编来接替，真的是柳条发了一茬又一茬，柳编推出了一个又一个，推着乡村的日子一天天地朝着富足进发。

当然，早些年间，一些幸运的柳编也会走进城镇的集市，更幸运的甚至会站在大城市里的早市上，接受远方的人们品评和挑选。如今，日益繁多的柳编，仍活跃在乡村和城市间，甚至走出了国门，接受他国的人们挑选。至于网络平台上那诸多的柳编专卖店铺，则在宣告柳编也迎来了自己崭新的时代，许多更精细、更艺术的柳编，已融入了丰富的文化内涵，增添了特殊的艺术气质，自然也拥有了更高的品位，有了更为广阔的发展空间。

遗憾的是，我的柳编手艺明显地逊色于勤勉而有耐心的前辈们，但我有一样值得炫耀的，就是我会用一根柳条编出一把漂亮的手枪，在童年时代，我就以擅长编柳枪赢得了小伙伴们的崇拜，现在仍没忘记这门小小的手艺。

那天，接待几位远道而来的朋友，去山村游览。我看到路边有熟悉的柳条，就停下车，折了一根，熟练地三折两折，如变戏法一样编出一把以柳叶为流苏的秀气的柳枪，让来自上海的朋友的小儿子爱不释手，欢喜着舞动了大半天。回家时，还一再叮嘱妈妈帮他保管好。

其实，就在我走下河堤，钻入柳丛中，悉心挑选一根细腻、光滑、柔韧的柳条那一刻，童年的柳编场景便立刻浮现脑海，我编着柳枪，仿佛又看到了天堂里的祖父，看到了在小区里晒太阳的父亲，看到了一大堆的柳编排着队，浩浩荡荡地朝我走来……

爱上柳编，就像一朵野花爱上一片草原。谁不曾编织过色彩斑斓的梦幻，谁不曾编织过理想的人生，或者被生活之手编织过呢？只是所用的材料不同，编法各异，编的结果也是五彩缤纷。许多所谓的幸福，有时就藏在那认真的编织过程中，怀一颗欢喜心，不疾不徐，岁岁年年。

野草，远远近近皆相亲

喜欢野草，喜欢每一种野草书写的生命传奇。

似乎古人更懂得与野草相亲相爱，翻开一部《诗经》，那些乡野气息浓厚的诗行间，随处可见野草可爱的身影，其摇曳多姿的形容、自然流露的性情、美好可人的品性、神奇无比的食药功效，隔了数千年，那些令人百读不厌的草本植物，仍闪着诗意明媚的光芒，向我们徐徐传送着光阴里绵绵不绝的阴与晴、冷与暖、爱与恨……

小时候，读白居易的《赋得古原草送别》，没太注意这首诗的题目，对伤感别离的体会也很轻浅，只是牢牢记住了野草生命力顽强的形象和精神："离离原上草，一岁一枯荣。野火烧不尽，春风吹又生。远芳侵古道，晴翠接荒城。又送王孙去，萋萋满别情。"荒凉的古道边，萋萋的野草恣意地铺向远方的荒城，别情依依，恰似这一望无际的原上草，弥漫了视野，充塞了心胸。此地一为别，对友人的殷殷思念，将会如同那些枯不死、烧不尽的野草，年年生发，岁岁茂盛，真的是离愁恰如春草，更行更远还生。浸满了伤感的惜别之情，有野草见证，有野草寄托，此诗艺术造诣之绝妙，当时的大名士顾况只读了一遍，便赞叹不已。

那天，随一位画家到乌苏里江边采风，在通往一个小渔村的山路两旁，看到一蓬蓬能说出名字的和说不出名字的野草，我与画家竟心有灵犀，立刻一起吟出韦应物的《滁州西涧》："独怜幽草涧边生，上有黄鹂深树鸣。春潮带雨晚来急，野渡无人舟自横。"黄鹂、春潮、晚雨、野渡、孤舟……似乎都抵不过河边的一丛野草，令诗人如此"独怜"，或许是因其卓立于这幽偏的一隅，或许是因其悠然于纷争的世外，或许是因其淡定自若地栉风沐雨，或许仅仅只是缘于突然闯入视野的野草，猛然拨动了诗人敏感的心弦，与其说诗人爱上了岸边的野草，不如说是爱上了一种情绪，爱上了一种人生。

我喜欢一个人到野外走走，喜欢随时蹲下身来，跟那些可爱的野草们打个招呼，看它们随遇而安、一副与世无争的样子，看它们一派天然、无拘无束的样子，看它们素面朝天、不加修饰的样子，很有些本色当行的味道。且看那心形的叶子对生的益母草，紫色小花生于节间，节节生花，黑色的果实颇似鸡冠，青嫩时，躯干内汁液饱满，稍加揉搓，便有可以明目的液汁点点渗出。再看那些野生的苍耳，卵形叶子生出毫无规则的粗锯齿，叶柄上布满白色的糙毛，花苞上挂着钩状硬刺，一副凛然不容欺的傲态，叫人不敢触碰。再看看那些耐荫、耐瘠薄和干旱的茅草，随便被抛掷到哪里，都能够茂盛地生长起来，一片片的，一到秋天，那挺直的身板就将雪白的花举过头顶，随风翩然起舞。

野草也是秉性各异，性情迥然不同，处世的风格也各不相同：有温柔的，有刚烈的，有卑怯的，有勇敢的，有脆弱的，有坚韧的，有绵里藏针的，也有豪放泼辣的，真的是千草千性，不可等同视之。譬如，猫眼草，生得十分漂亮，一根茎顶端生有深绿、黄绿或黄三种颜色的叶子，一层一层铺开来，中间稍微竖起围拢，攒成五朵小花，中央那个金黄色的圆盘花心，颇像猫的瞳孔。了解猫眼草习性的人都知道，可以凑近观赏它，却不可随意折断它的嫩叶。若是不小心折断了，它会分泌出牛奶一样的汁液，汁液碰到皮肤，轻则瘙痒难耐，重则难逃溃烂，其杀伤力实在不可小觑。暴脾气的蝎子草，真是"草如其名"，它的秆茎和叶片上生着许多小刺，刺上还有些小毒，稍不留意，便会被它"咬伤"，皮肤立刻红肿，奇痒无比，得赶紧用肥皂水清洗伤口，冲掉毒素，否则会痒到怀疑人生。如果你在野外看到一些匍匐在大地上的刺棘草，正舒展着柔软的肢体，悠然地享受阳光雨露，不断地蔓延着自己的领地，以为刺棘草的性子是温和的，不懂得争抢什么，那你就大错特错了，一旦有别的野草出现在眼前，刺棘草会立即怒发冲冠，立起身子，冲杀过去，与竞争者拼命地抢夺生存空间，直到大获全胜，将其刚柔相济的性情张扬得淋漓尽致。

印象中，最霸道的野草便是菟丝子，这家伙属于无根无叶寄生性的一年生草本植物，茎细长，叶子严重退化至没了叶绿素，却偏偏喜欢跑到阳光充足的地方，喜欢寄生于蔓菁或马鞍藤上，哪一棵草或藤蔓，一经被它逮住，立刻将身上的小刺扎入其体内，粗暴地施展吸星大法，将其汁液毫不客气地吸干，然后离开，再去寻找下一个目标。

而植株柔弱、姿态娇艳的绛珠草，枝茎纤细，凄楚婉约，清雅不俗，甚是让人怜爱。绛珠草多生长在高大的乔木旁，借助树冠遮阴、避雨、挡风，一旦所依赖的树木被砍倒，它也会因失去庇护而萎黄枯死。绛珠草纤纤弱弱的性情，颇似娇花照水、弱柳扶风、寄身贾府时时小心翼翼的林黛玉，难怪曹雪芹会将多愁善感的林黛玉的前世，写成生命短暂、于深秋最红艳时遭寒霜遂戛然而止的绛珠草。并且，绛珠草的果实绛红鲜艳，圆润饱满，如凝了泪血的红珠子，也恰恰寓意林黛玉浸满了血泪的悲剧人生。

很多野草，都有一个或多个名字，或雅或俗，或雅俗皆备，或实或虚，或高贵或卑贱，每个名字都有着自己独特的来历，细细咀嚼，不少名字也是很有意思的。譬如，性微寒、味甘苦相依的决明子，名字里就透着些许哲学的味道，透着似要刨根问底的认真；作为植物演替的一个先锋，马唐的繁殖力强、植株生长快，一如其名，一马当先，攻城略地，尽显大唐气象；"呦呦鹿鸣，食野之苹"，还有一个很朴素的名字，叫妹妹草，很容易让人联想到提着柳筐、哼着民间小调打猪草的邻家小妹妹；葵景天和狗牙草，是一种野草的两个名字，一雅一俗，就像早年间在农村里，长辈们喜欢给孩子们起一个响亮的名字外，还要另外再起一个卑贱如狗剩子、丫蛋、长锁子、栓柱一类的小名，以期自己的孩子少病少灾，健健康康地长大；初闻淡竹叶这个名字，许多人会自然地将其联想为一种竹子，其实它是一种地地道道的野草，其种子上有尖锐的小钩刺，很容易粘到小动物的身上，被带着四处播撒；看麦娘的名字，起得就有些名不副实了，作为牛马喜爱的食物，若是它们生长在麦田里，不但不会呵护麦子成长，还会肆无忌惮地跟麦子争抢水分和营养，会招来一些寄生的害虫；狗尾草与狼尾草，形象极为相似，名字也极为相似，若要辨清两者，只需记得狼尾草刚毛粗糙，显得更粗野一些，狗尾草柔毛细腻，显得更温顺一些，野草的品性颇似动物的品性，名字里便略见一斑。

鲁迅先生是一位真正读懂了野草的作家，他写出了一篇篇野草一样耐人寻味的佳作，正是一位彰显野草气质的大作家。大二那年，我读鲁迅的散文诗集《野草》，薄薄的一册小书，凝聚了作家深刻的思想、丰富的情感，展示出极为卓越的艺术特色，其中《秋夜》《风筝》《一觉》《雪》等篇章，都堪称散文诗的经典文本，待阅读了鲁迅先生更多的作品后，再细读《野草》，霍然发觉：看似信手拈来的《野草》这一书名，极具现实主义与象征主义色彩，非常切合鲁迅那一时期的创作心境和创作意图。文本里面漫溢的情思、恣意铺展的意象、自由不羁的语言，无不带着野草的气质，凸显着野草的品性。

在乡村，不少野草是"味道好极了"的美食，可以大大方方地走上百姓的餐桌，给朴素的日子调调味儿。记得小时候，当麦苗一天天长高时，有一种叫麦蒿的十字花科的野草，也会在麦田里疯长起来。这时，我会拎一只竹篮，带上一把镰刀，去采割嫩嫩的麦蒿，新鲜的麦蒿味道有点儿苦，但用水浸泡一下，就可以轻松地除去苦味，留下淡淡的清香，可以用麦蒿煎水当茶饮用，也可以用其炒五花肉，可以用其包饺子，还可以将其腌制成咸菜，调上麻油、姜醋汁，凉拌成爽口的小菜。在一个真正热爱饮食的高手那里，一把毫不起眼的麦蒿，居然可以成为餐桌上的一道清新的美味。

多年前的一天，我留宿山中，好客的主人给我做了一碗味道很好的汤，里面飘着几片浅绿的嫩茎和叶子。我请教主人，方知竟然是山坡上随处可见的拉拉藤，一种连猪见了都不愿意搭理的野草。我不由得想到那稍一触碰，便立刻散发出强烈腥臭味的鱼腥草，其实也是上等的美味，摘下嫩叶，冲洗干净，腥味立刻消失，加上佐料稍加拌制，马上就变成了一道清香里渗着丝丝甜的美味，吃了还想吃。

不少我们司空见惯的野草，还是防病、治病的佳品，具有清热、解毒、消肿、止血、祛瘀等药用功效。比如，那些在田间、地头、坡上、堤下成片生长的节节草，其形像竹子，一节节的，肉肉的，萌萌的，不单单是喂猪的好饲料，还是一味不错的药材。那年，我的眼睛上火，红肿得看不清东西，乡里的一位老中医，随手开了一个简单的土方：采新鲜的节节草，晾干后，再配上甘草、蝉蜕等，煎成汤药，我只服用了三天，病症就完全消除了，真是叫人称奇的不花钱的良药。偶尔翻阅《本草纲目》，方知节节草有很好的散热疏风、解肌、退翳功效，是一味常用的中药。

一次，我跟着祖父去山里捡木耳，一不小心，小腿被藏在草丛里的毒蛇咬了，又疼又怕，祖父却不慌不忙，随手从灌木丛中抓过两棵长着三角形叶子的野草，放在嘴里嚼一嚼，敷到被蛇咬到的地方，轻轻按了按，真是神奇，疼痛瞬间便消除了。祖父告诉我，这种野草的学名叫杠板归，俗名叫"蛇倒退"，是野草中的解毒高手。

读到英国著名博物学家理查德·梅比的《杂草的故事》，我一下子便不可救药地迷上了。跟随着作者的脚步，漫步于各色野草中间，倾听野草演绎的一个个植物学、文学、哲学、历史学等交织的故事，我不仅了解到一些野草的前世今生，还对一些野草加深了认识，获得许多生命的启迪和人生的感悟。

那天，在小区的花坛边，碰见一株不知名的野草，我细细端详之，仿佛邂逅了一位新朋友，但见它主茎直立，侧枝披散，叶无柄，叶边缘有三角形的锯齿，对生的叶子与花同形，花梗极短。后来请教一位林业大学的教授，才知道它的芳名：蚊母草，又名仙桃草，其果实状如圆桃，其内中空，有小虫寄生，待其将红之时采摘，其

药用价值最高，采早了，虫未成，采晚了，虫从孔隙飞走了，皆不宜。又开眼界，又长知识了，真是开心啊。

亲近野草，自然可以去远方广袤的山林、荒原、河岸，也可以去郊外的田野，还可以散步于城市的公园，当然也可以漫步于自己所居住的小区，只要愿意低下头来，俯下身，以好奇的目光打量周遭，随时随地，我们都可能会遇见一株熟悉的或陌生的野草，它们像一位位寡言少语的老朋友，默默地陪伴在我们的生活中，与我们一同见证时光的流逝和生活的变迁。

喜欢一位诗人写的那首题为《跟着一株野草走》的诗。跟随一株摇曳的野草，会走到天涯海角，会走进时光的深处，会看到十足的人间烟火味，会看到很文学的人生，会看到很哲学的大千世界……

一棵不开花的苹果树

　　冬日的乡村，一夜纷纷扬扬的雪，任性地覆盖了我目光所及的一切，远处的山川河流，近处的屋顶和柴垛，连趴在草窝里的大黄狗身上也染了几点白。推门清扫院子里厚厚的积雪，鸡鸭们讨好般地跟在身后，等我在刚扫出来的空地上，撒一些玉米粒，它们便欢快地争抢着啄食。

　　猛然抬头，我看到菜园子里那株苹果树，伸向天空的枝丫上也落满了晶莹的雪，仿佛一树洁白的花。那是一棵很特别的苹果树，栽种在菜园子里五年多了，它还从未开出一朵花，我多么希望即将来临的又一个春天，它能开出一些粉红的花朵。

　　这棵苹果树，原本生长在村西的草甸子里，孤零零地站在那些

恣意疯长的茅草中间，流露着莫名的忧伤。看到形单影只的它，父亲动了恻隐之心，觉得它很像村里无儿无女的老薛头。于是，父亲决定将它移植到屋前的菜园子里，成为那些蔬菜瓜果的邻居。

被施了农家肥，浇足了水，喷洒了杀虫药，再加上父亲不时地修剪，懂得感恩的苹果树，快速地成长起来，不到两年的工夫，便宛然出落成一个秀气的大姑娘，肌肤光鲜，仪态端庄，还有着楚楚动人的气质。

"这么好的一棵苹果树，明年一定会结出香甜的苹果。"我抚摸着它粗壮的枝干，开始憧憬起来。

然而，我很快就失望了。煦暖的春风拂过，菜园子一角的杏树早已花满枝头了，连那两株低矮的樱桃树，也不甘落后地开出了许多粉色的花，唯有这棵苹果树无动于衷，只生长葱绿的叶子，一朵花也不肯开，好像根本不解风情的天真少女。

又一个春天来临了，个子又增高了不少的苹果树，依然枝繁叶茂，却倔强地不肯开出一朵花，执拗得像一条说什么也不肯回头的河流。

母亲不免忧戚道："也许它小时候生过什么病，这辈子不能开花了。"

"再耐心等等吧，或许还没到它开花的时候。"父亲仍怀揣着希望，我赞同父亲的说法，内心里仍期盼着它开花的时刻。

时光过得真是快，转眼间，苹果树被移植到菜园子里已五年了，却始终没有开花，它只是一年又一年地粗壮着枝干，一年又一年地茂密着叶子，在四季轮回里幸福地生长着，无忧无虑，仿佛从未听到过有关开花的召唤。

那天，母亲要杀掉家里的一只老母鸡，招待远方来的亲戚。这只老母鸡上了年纪，现在几乎不下蛋了，尽管它原来是一个下蛋能手，但如今落到被淘汰的结局，似乎是注定的，我也爱莫能助。

那一棵始终不肯开花的苹果树，根须却一直在泥土里与豆角、茄子争抢养分，浓密的树荫还遮挡了不少辣椒该享受的阳光，我对它越来越失望了，建议砍掉它算了，就像母亲淘汰那只不再下蛋的母鸡一样，不必再犹豫了。

父亲却执意留下它，理由是：再等等，或许它现在不想开花，还想无拘无束地疯长两年，等某一天它突然想开花了，没准儿会开出令人惊讶的花。就像村里的顺子，三十多岁了，还不立事，整日游手好闲，惹是生非，气得他父母恨不能打断他的腿。没想到，快四十岁时，顺子忽然像受了高人的指点，一下子变成了人人夸赞的大好人，他做正经的生意，赚了大钱，孝敬父母，友善乡邻，给孤独的老薛头盖了两间房子，亲儿子一样关照其生活。

我查阅了一些资料，也没找到苹果树不肯开花的原因。也许真像父亲所言，它只是迷恋于生长，迷恋于做一棵春天发芽、秋天落叶的苹果树。至于是否开花，或者何时开花，它并不关心。再说了，谁规定过一棵苹果树一定要开花结果？难道它不能按自己的心愿活一回吗？别的苹果树喜欢开花尽管开花好了，它只想尽情地舒展自

己的绿叶，为何要被责怪呢？

突然间，我对这棵执意不肯开花的苹果树敬佩起来：不管是命运注定了它无法开花，还是它自主选择了不开花，它都始终从容地赶着自己的路，倾听春风，笑对秋风，安然若素地迎接着四季的风霜雪雨，除了没开出人们熟悉的花朵，没结出人们想象的苹果，别的什么也不缺少啊，即便有些遗憾，也无妨啊。谁的生命中没有一些遗憾呢？何况这棵苹果树活出了独特的自己，没有走进千篇一律的生活模式……

如是一想，我便释然了，不再期盼着它开花，反觉得不开花的它更可爱，活得有想法，有个性，淡定而洒脱。或许父亲和母亲也是这么想的，不然，他们早就听从邻居们的劝告，将它当作烧柴了。

又一个明媚的春天来临时，苹果树没有如期地绽出嫩绿的芽苞。在菜园子里生长了八年后，它平静地告别了天光云影，告别了蔬菜们一年一度的陪伴，也告别了我热切关注的目光，无疾而终。

多年以后的一个秋天，我和朋友一起去锦州游玩，到路边一个果园内买刚上市的苹果。那一树树红通通的苹果，令人口舌生津。蓦然，我想起那棵一直不开花的苹果树，便请教那位果农，问他是否遇见过不开花的苹果树。他说当然遇见过，连果树专家也说不出原因，碰到了，就砍掉了，腾出位置给开花的苹果树……

我理解果农如此干脆利索的选择，他需要充分利用有限的土地资源增加收入，自然不会容留一棵不开花的苹果树。在我家菜园子里悠然地叶绿叶黄了八个春秋的那棵苹果树，是幸运的，虽然我曾期待过它开花，但我很少抱怨它不开花，甚至还渐渐地理解了它，一点点地欣赏它了。

与一位教哲学的老教授聊天时，我又提到了那棵不曾开花的苹果树，老教授感慨：那真是一棵有性格的苹果树，似乎没有远大的理想，也没有值得炫耀的成就，就那么不疾不徐地活一回，自由自在，根本不理会别人异样的眼光，只是坦然地活自己，这样的一生也是富足的。

也有人曾猜测：那一棵始终不开花的苹果树，或许内心里藏着不为人知的难言之隐吧？或许它也怀了热烈开花的心愿呢？苹果树不言，这类猜测便永远找不到答案。

时光流转，见过种类繁多的开花的树，唯有那一株没有开花的苹果树，在我的心陌上深深地扎下了根，季季枝繁叶茂，在我出神的凝望与遐思中，那棵神奇的苹果树，竟开出一朵朵绚丽无比的意念之花，引我朝着生命的深处，一步步走去。

夏夜，那美丽的荧光

月朗星明之夜，读到李白的《咏萤火》："雨打灯难灭，风吹色更明。若飞天上去，定作月边星。"诗句活泼、清朗、晓畅、自然，萤火虫闪烁如点点夜灯，雨打不灭，风吹不熄，反而愈加明亮。接着，诗人又放飞了奇妙的想象，将眼前美景与天上的童话仙境，浑然天成地连到一起，光彩烂漫，瑰丽流溢。

据说，李白写此诗时，年方十岁，正一派真率、十分聪颖。众人常见的萤火虫，被"诗仙"妙笔一挥，比喻、夸张、想象，信手拈来，寥寥几语，意蕴高远，陡增许多可爱、可敬，陡添许多令人思绪萦绕的美妙。

萤火虫，又名流萤、宵烛等，喜欢草木茂盛、湿润清洁之地，是夏夜流光四溢的精灵,一闪一闪地飞来飞去,很容易将人们引入一个纯净的童话世界。

小时候,每逢燥热的夏日晚上,睡不着觉,我便坐在院子里乘凉。这时,就会有提着黄绿色小灯笼的萤火虫,不邀而至,先是一两只,而后一大群,数都数不过来,忽远忽近,忽南忽北,忽东忽西,忙忙碌碌,仿佛真的如一首儿歌里唱的那样:萤火虫要送迷路的蜜蜂回家,要陪纺织娘劳动到天明……有时,禁不住伸出手,捉住眼前的一只,瞧瞧它身上那漂亮的小灯笼,然后,再放飞,让它去找自己的朋友……

那年七月,应好友之约,去南京游玩。仲夏之夜,漫步在紫金山下灵谷寺外一条幽静的小径上,路边草木葳蕤,淡淡的潮气拂面,蛙声此起彼伏地响起。仿佛只一瞬间,数不清的萤火虫突然如一盏盏悬空点燃的小灯笼,在桥头、溪边、路上、院墙内外、树枝间……到处都是闪亮的精灵,黄的、绿的、橙的、红的,光亮点点,或疾,或徐,倏忽如流星,且聚,且散,异彩纷呈,迷离了夜空,撩起了情思,叫人恍若置身于瑰丽、浪漫的仙境,一边惊叹着,一边拼命地按动相机,真想将那美丽的夏夜流萤景象,一一定格。

酷爱摄影的好友告诉我,上海青浦区淀山湖畔的岑卜村,也是极好的萤火虫观赏地,每年都会有许多人聚集于此,欣赏别处罕见的条背萤,它个头大,足足有黄肩脉翅萤的三倍,亮度也大,飞得也快。当然,也有许多人会跑到杭州临安西天目山,仰头欣赏满天

璀璨的繁星，巡视四周，但见萤火虫数十成群，或密集数以百千计，如同一粒粒活泼的"小星星"，调皮地闪烁在身边，叫人欢喜连连。

遍布世界各地的萤火虫有两千余种，成虫寿命一般仅有三至七天，最多不过三十天。听一位生物学家解释，萤火虫有专门的发光细胞，内含两种化学物质：一种是荧光素，另一种是荧光素酶。荧光素能够在荧光素酶的催化下，消耗 ATP，并与氧气发生反应，产生激发态的氧化荧光素，并释放出光子，萤火虫腹部有一块白色的膜，可以反射光。萤火虫发光，可以帮助自己定位、捕食、求偶、警示……

一个飘雪的冬日，忽然接到正在纽约打拼的一位中学同窗的越洋电话，告诉我，他正在听伊能静的歌曲《萤火虫》，听着听着，眼角不由得一阵灼热，又想起我们一同漫步操场上，望着一只又一只闪亮的萤火虫，年轻的心事被点燃，青春的向往在潜滋暗长……悠悠往事，清晰如昨，可我们已不复是当年纯真的翩翩少年。

咏叹萤火虫的诗文颇多，印度大诗人泰戈尔的《萤火虫》入了小学教材，杜牧的"轻罗小扇扑流萤"的诗句更是脍炙人口，我还喜欢刘禹锡的《秋萤引》中"天生有光非自衒，远近低昂暗中见"的渺小的萤火虫，以其绚丽的光亮，给山川大地添了迷人的色彩，给人们带去了无数的欢悦和无尽的遐思，它们只是自自然然地提着自己的灯，从从容容地赶着自己的路，并无半点儿炫耀之意。"初唐四杰"之一的骆宾王在《萤火赋》中高赞萤火虫："应节不愆，信也；与物不竞，仁也；逢昏不昧，智也；避日不明，义也；临危不惧，勇也。"萤火虫集信、仁、智、义、勇这些高贵的品德于一身，实为昆虫中的真君子。

清风徐徐的夏夜，灯火阑珊的现代都市，已很难见到萤火虫的身影了。然而，只要心中还有童话情结，还有浪漫情怀，我们就可以去远方的山林、乡野、草原、河畔……就能够再次邂逅那些可爱的小精灵，再次沉浸于一片纯净如仙的天然世界，如诗，如歌，曼妙无比。

炕沿，记得那些好时光

东北乡村人家的火炕十分常见，无论是土坯搭建的，还是砖石砌成的，都会镶一条木质的炕沿，或宽或窄，平平展展，厚重而大方。

我印象最深的一条炕沿，是柞木的，颜色很深，质地硬实，纹络明晰。初装上时，还散着淡淡的橡子味儿。

早些年，乡村人家清贫，几乎没有购置沙发的，坐具多为简易的板凳和椅子。于是，一条平整无奇的炕沿，便成了最寻常的坐具。随便走进一家农户，主人都会热情地招呼道："快请炕上坐。"其实，招呼"炕上坐"，并非要脱鞋上炕，而是同主人一道并肩坐到炕沿上。

炕沿似乎有着神奇的魔力，纵然彼此不大熟悉，一坐上去，彼此的心灵就会一下子被拉近。很自然地，很快就会敞开心扉，长聊或短说，炕沿都是很好的见证者，也是很好的倾听者。

炕沿也是我读小学时的课桌。那时，能买一张专门用来学习的书桌，简直是奢望。偶尔，饭桌可以客串一下书桌，但无论盘腿坐在炕上，还是坐在炕沿上，伏在饭桌上写作业，都是一件辛苦的事，要不了多长时间，就会腰酸腿麻。于是，我跟许多农家孩子一样，喜欢以炕沿为桌，经常放学一回到家里，我就会搬来一只板凳，伏在炕沿上，飞快地将作业写完。

少年时，最幸福的时光，恐怕就是坐在炕沿上看电视了。那会儿，电视机是紧俏的家用电器，一个村子里只有两台，还都是黑白的。自从一向节俭的父母将那台"黄河牌"彩色电视机买回来，家里立刻变得热闹起来。彼时，乡村的文化生活太匮乏了，能从电视里看到外面精彩的世界，算得上是一件幸福得要放声歌唱的美事了。左邻右舍来家里看电视的男女老幼，总是络绎不绝，从早上电视一打开，直到荧屏上打出"谢谢收看"四个字，之后荧屏上出现一片雪花。

看电视的最佳位置，便是坐在炕沿上，坐着舒服，不远不近，看着不累。所以，邻居们来了，父母总是热情将炕沿让给年长者，至于我们这些小孩子们，只能站在地上，密密地挤成一团，根本不要去想有座位的事。

一次，弟弟早早地占据了炕沿上的一块方寸之地，但没过多久，父亲严厉的眼神，就令他极不情愿地将那块炕沿让给了后院的李婶。弟弟曾私下里抱怨，说让他们来免费看电视就可以了，为啥自家人不能坐炕沿上舒服地看电视呢？父亲没有讲任何开导弟弟的道理，只反问了一句："既然我们欢迎人家来看电视，为什么不让人家舒服地看呢？"

多年以后，我和弟弟都懂了父亲的言行，也颇为父亲的选择而骄傲。

炕沿一定还记得我当年的一些小秘密。初二那年，我喜欢上了刚刚从外地转学来的一个叫谢春燕的女孩。情窦初开的少年，从作文本上撕下两页，伏在炕沿上，十分认真地写了一封感动自己的"情书"。然而，我炽烈的表白，没能打动女孩，还惹恼了她，她将我毫不遮掩的心声交给了班主任老师，害得我被母亲狠狠批评了一顿。

我很受伤，眼泪一滴一滴地滚落到炕沿上，滚落到叫我羞愧万分的检讨书上。后来，我索性就趴到炕沿上，像扑进一个好朋友的怀抱里，一任心中的伤感恣意地流淌。

三十多年后的一天，我在西安邂逅音讯断隔许久的谢春燕。聊到少年时的青涩，两人一起边笑边唏嘘不已。

真好，尘封在青葱岁月里的往事，并未随风飘散，我仍能清晰地记得当年伏在炕沿上写"情书"时热烈的心跳，还有那些清纯的泪水。

那天，弟弟给我打电话，已从农村搬进省城暖气楼的父母，执意要在室内砌一个炕，还非要镶一条像老家那样的炕沿。因为住惯了有炕沿的火炕，他们在松软的床上总是睡不好觉。

炕沿，承载了父母大半生的情意，怎能轻易地被割舍掉呢？我赶紧托朋友找来一位好手艺的工匠，帮父母在卧室里砌了一个火炕，又特意选了一条上好的栎木炕沿。

抚摸着炕沿那清晰的纹络，还能抚摸到呼啸而过的一段旧时光啊。我看到，父母眼睛里流露出孩童般的欢欣，真真的，纯纯的。是啊，那么熟悉的炕沿，正是陪着他们走过风风雨雨的老朋友，知晓他们经历了怎样的苦辣酸甜。

有时，什么都不用做，只是看着炕沿，曾经的一些美好事物，便会不邀而至，在他们一次次深情的回望中熠熠生辉。他们由此真切地感到，所谓的岁月静好，就是一直懂得珍惜。

在一个春风迫荡的日子，我回到了久别的故乡，坐在小学同桌家的炕沿上，忆起悠悠往事，我情不自禁地轻轻拍了拍久违的炕沿，仿佛听到了光阴缓缓行走的声音，那么真，那么美，那是今生注定挥不去的怀恋。

原来，炕沿一直都横亘在我的生命里，就像那些看似已渐行渐远的好时光，其实一直都深深记得。

白桦树不流泪

爱上白桦树，起初缘于偶然，后来就成了自然。

那时还真是小，八岁的少年，在金风送爽的秋日，蹦蹦跳跳地跟着老师，去校园后面的小树林，捡拾冬天烧炉子取暖用的枯枝。

一大片杂树中间，两棵亭亭的白桦树兀然卓立，白银一样华贵的躯干，挺拔而秀朗，树皮洁白而光滑，风姿绰约的枝条上，挂着随风摇曳的金黄的叶子。最惹人喜爱的，是白桦躯干上那一个个桦结，如同一只只黑色如疤的亮眼睛，透着天真，还有迷人的妩媚，像在盈盈地顾盼，又像在柔柔地倾诉。

犹记得，年轻的语文老师抚摸着白桦树仿佛会说话的黑眼睛，欢喜地赞叹："这就是明眸善睐啊！"

就这样，第一次见到俏丽无比的白桦树，我便不可救药地爱上了它，此去经年，越来越爱它的壮美、高洁、安详、深邃、多情……似乎它是这个世界上最完美的一种树，聚集了众树的优点，删掉了众树的缺憾，一下子成了我顶礼膜拜的神，且随时光的流转，挚爱愈深，痴情不改。

读过许多文学名著，我惊讶地发现，很多俄罗斯诗人、作家、画家都特别迷恋白桦树，诗人叶塞宁笔下的白桦树像"披一身雪，好似银甲"的英勇无畏的士兵，像有着"绿色云鬓，少女般的胸脯"的俄罗斯美女，像"穿着白色的裙子，垂着绿色的发辫"的爱妻，给了他一个温暖舒适的家："多么温暖，多么舒适，像冬天的闲坐，围着火炉，那挺立的白桦树，像一根根巨大的蜡烛。"莫名的忧伤袭来时，他会紧紧地依偎着白桦树，在无言的对视中，感受它始终如一的似水柔情，心头的块垒便一点点地融了，悄无声息地消逝了。

列夫·托尔斯泰对白桦林情有独钟，他的居所周围，生长着许多伟岸的白桦树，它们像一个个忠诚的朋友，为他带来创作灵感，带来生活激情，让他放飞了无尽的想象，他甚至在繁星闪烁的夏夜里，曾看到"老桦树的茂密枝叶，一面在月光下显出银白色，另一面，它的黑影掩蔽着棘丛和大路"。他还隐约地听到了"两棵老树互相轻触的声息，不可闻辨"。在某些心情落寞的日子里，他会放下笔，走进多情的白桦林，听风吹得金色叶子哗哗作响，抚摸白桦树湿润而光滑的肌肤，情不自禁地将面颊贴上去，那楚楚动人的忧郁，自然而古典。

第一次听到俄罗斯民歌《白桦林》，那慢三拍的手风琴演绎的优美而又哀婉的旋律，一下子就攫住了我的身与心：原来，站在路边风情万种的白桦树，也有忧伤的叶子在一片片地滑落，也有说不出的忧郁藏在干涩的眼眶里，秋天辽远的晴空可否读懂了白桦的落寞？无声地流淌的溪水是否可以带走那不绝如缕的惆怅？

那是"为赋新词强说愁"的十八岁，我学习十分用功，成绩却惨不忍睹；暗暗喜欢同年级的一个女孩，却在那个春天的早晨猝然逝去；被同桌误会，又遭到老师一顿批评……倒霉的事接二连三，压抑得我几乎要崩溃了，好在暑假来临了，我给家人留下一张纸条，只带上不多的一点钱，像小说家余华的《十八岁出门远行》中那个男孩一样，踏上了独自远去的旅行。

慢吞吞的绿皮火车，载着我朝大兴安岭的茫茫林海行进。我神色黯然地倚靠着硬板座，无聊地望着车窗外，绵绵细雨，一路追随着火车，路边一片片庄稼参差不齐，一个个灰色的村庄不断地向后退去。路湿漉漉的，树湿漉漉的，电线湿漉漉的，我的心也湿漉漉的。

忽然，我看到一小块庄稼地头，一棵孤独的白桦树，孑然地立在那条弯曲的土道边，像被随手丢弃的孤儿，形单影只的样子，流露着楚楚可怜的疼。不知道它身上那些如疤的眼睛在找寻什么，也没人知道它揣着怎样的忧伤，就像没人知晓我心中的落寞。

推着餐车来来回回不断吆喝的列车员，每次经过我身旁时，都会打量我两眼，我将双臂抱于胸前，漠然地看着窗外，没有什么食物能带给我一点儿兴趣。

列车行至加格达奇时，对面座位上来了一位右边袖管空洞洞的中年男子。他很健谈，上车不大一会儿，便跟身边的几个人熟络地聊了起来，沉闷了许久的车厢内，不时地荡起爽朗的笑声。我开始只是听着，没有插嘴。知道了他的右胳膊是在采石场被突然炸响的哑炮夺走的，被夺走的还有右眼的视力，可他说起那些令人胆战心惊的遭遇，居然像说着别人的事情，一脸的风平浪静，甚至还有一丝欣然：幸亏那两棵白桦树，挡住了飞溅的碎石块……

听说我要去漠河北极村，他兴奋地说，我们同路，他是去帮一家食品厂收购蓝莓果。

也许是受了他的快乐感染，我心头的沉重突然轻了一些，掏出上车前买的面包啃了起来。他热情地递给我一个玻璃瓶，那里面装着微微泛黄的白色汁液。

他骄傲地告诉我，这是他亲手从原始森林里的白桦树上采集的，是上等的白桦树汁，人们称之为"神奇的树水"，也是营养丰富的生理活性水，还有抗疲劳、养颜、清热解毒等很多功效呢。

我轻轻地啜了一口，白桦树汁清冽、柔和，还有一丝丝的甜。我向他道谢，说第一次喝到了这么宝贝的仙水，比妙玉给宝玉、黛玉沏茶用的梅花雪水还要珍贵，邻座的几位乘客也附和着，啧啧称奇，羡慕我的幸运。

车至终点，我与中年男子挥手道别，走出好远了，我心里还暖暖的，尽管我不知道他的名字，也没有留下他的联系方式。我们在火车上相逢，又在火车上告别，他热忱地陪我走了一程，悄然地拂去了我心头的一缕惆怅。

在去北极村的路上，我遇见了一大片又一大片的白桦林，那么茂密，那么俊美，简直是置身于浩瀚无边的白桦的海洋了。仰首，晴空万里，白云悠悠；眺望，群山环抱，白树绿草，溪水潺潺。天地有大美，此间旖旎的风景，太迷人，太醉人，我不可遏止地对着扑面而来的白桦林兴奋地大喊大叫起来，将心中的郁闷统统释放出去，清新的白桦林的馨香，绵绵地浸入肺腑之中，把心胸涤荡得更宽阔，将目光也冲洗得更清澈了。

坐落在半山腰用白桦树搭建的一座小木屋，牵着我的双脚一步步欢喜地走过去。那位年过七旬的林区老人，指着屋前几株饱经沧桑的白桦树，哲人般地告诉我："你看树上那些黑眼睛，都见识过闪电雷鸣，见识过大风大雨，你看不到它们的眼泪，尽管它们也有忧伤，也有大雪一样沉重的痛苦。"

白桦树不流泪。我在心底轻轻念叨了一句，恍然发觉：此前我的那些所谓的烦恼，在坚韧的白桦树面前，显得多么矫情，实在不值一提。

轻轻挥手，作别那些深情注视我的白桦树，我一身轻松地踏上了归程。

此后的人生江湖里，我遇到过各种各样的不如意，有人打击我，有人嘲笑我，也有人轻视我，可我一想到那些风雪中傲然挺立的白桦，想起歌手朴树在《白桦林》中略带忧伤的咏唱："雪依然在下，那村庄依然安详，年轻的人们消逝在白桦林，长长的路啊就要到尽头……"我的心头便陡然一亮，我大声告诉自己：忧郁的日子总会过去的，就像白桦树的叶子黄了还会再绿。

真好，心中站立着一棵棵不流泪的白桦树，我多么卑微，又多么富足。

炊烟是开在乡村屋顶的花

初秋时节，去山村访一老友，走过一条芳草萋萋的小路，远远望见山窝里绿树环绕的小村，散落的民居，红瓦的屋顶，几缕炊烟袅袅，一幅写意的山村风俗画，在黄昏的微风中迎面展开，蓦然想起陶渊明满是人间烟火味的诗句"暖暖远人村，依依墟里烟"。一份贴心贴肝的暖意，立刻柔柔地围拢上来。

炊烟，是一个村庄古朴而温馨的风景，是一个村庄最诗意的注释。那些在各种灶膛里噼啪燃烧的草木，留下了温暖的灰烬，其灵魂却化作一缕缕或青或白的炊烟，顺着屋顶高高凸起的烟囱，绵绵地飘逸而出，满怀依恋地缭绕着，盘旋着，升腾着，似纱，似雾，闪着童话的光泽，作为蕴藉十足的意象，在无数美妙的诗篇中飞舞着。

老友说得好，炊烟是开在乡村屋顶的花，花开了便有温馨的向往，便有幸福的栖居。

我是在乡村里长大的，对炊烟一直有着特别的亲近感，一见到炊烟，我就心生欢喜，就感觉自己被一种柔情簇拥着，那些从自家屋顶升起的，从邻居家屋顶升起的，从陌生人家屋顶升起的，形形色色的炊烟，自然、舒适、温馨、安详……可以远远地欣赏，也可以置身其中，可以随意说点儿什么，也可以什么都不说，只是相互欢悦地对视着，彼此便深深地懂得，一如花朵懂得春天，果实懂得秋天。

母亲说天空那些棉絮一样的白云，是一家一户的炊烟汇聚起来的，那些色彩斑斓的朝霞和晚霞，也是一家一户的炊烟调配出来的。小时候，我经常站在院子里，出神地凝望碧空里的一朵朵白云，猜想哪一朵来自我家屋顶飘出的炊烟，猜想究竟是麦秸燃烧出的炊烟变成的云白一些，还是茅草燃烧出的炊烟更轻柔一些，还有那些炊烟明明散开了，怎么还会飘得那么远、那么高……悠悠的炊烟，抛出无数个勾人魂魄的问号，让我兴致勃勃地猜了又猜、问了还问，答案却总是炊烟一样的飘忽不定。

"雨后千山净，炊烟处处新。"元朝画家、诗人王冕真是慧眼识烟，被雨洗过的群山干干净净、清清爽爽，就连那些炊烟仿佛也被彻底地清洗了一番，处处流淌着一尘不染的清新，叫人愈发喜爱不已了。

"雾敛芦村落照红，雨余渔舍炊烟湿。"陆游笔下湿润的炊烟，亦有着别样的风采，我也曾静静地赏过——那是早春二月，细细的春雨，爱怜地笼着淡淡的炊烟，丝丝缕缕，似断似连，若隐若现，分不清哪里是雨丝哪里是烟丝，也辨不清那烟雾在向上飘还是在向下落，迷迷蒙蒙，尽显婉约、含蓄的美。

　　乡村的早晨，是一抹炊烟开启的。晨曦中，那是谁家的厨房里，勤快的主妇俯身点燃一把柴火，灶膛里的火苗热情地舔着锅底，灶台上很快就腾起一股股热气，顺着热气而来的是饭菜的香，顺着耸在屋顶的烟囱飘出的炊烟，也带着些许饭菜的香。这时，枝头响起了啾啾的鸟鸣，大公鸡和老母鸡一起站到了柴火垛上，几只麻雀叽叽喳喳呼朋引伴，偶尔几声粗犷的牛哞，又引来几声欢快的狗吠，小小的村庄立刻热闹起来，家家户户都请出了暖暖的炊烟，一会儿的工夫，整个村庄便在浓淡相宜的烟雾缭绕中，开始了生机勃勃的一天。

　　乡村傍晚的炊烟也是迷人的。夕阳西下，鸟雀纷纷地归巢了，鸡鸭鹅狗们也安静了许多，一天紧张的劳碌结束了，人们纷纷从四面八方走回村子。抬头时，看到自家屋顶飘出的炊烟，还有邻家的炊烟，亲密地缠绕着，随着风，绕过树梢，不疾不徐地攀升着，脚步马上轻盈了许多，似乎一身的疲惫也被轻柔的炊烟带走了，有说不出的惬意，在温柔的晚风中轻轻荡漾。

　　白雪皑皑的冬日，我与朋友驱车在无边的旷野上奔驰了整整一天，远远的，看到山坳里飘起如带的炊烟，马上欢呼着朝那温馨的方向奔去，就像小时候在大草甸子里疯玩，忽然听到母亲的一声亲切呼唤，赶紧蹦蹦跳跳地往家里跑，还没进家门，便嗅到了醉人的饭香。

炊烟是一根扯不断的线，牵着乡情，连着乡音，无论离开故乡多远、多久，无论所处的境遇光鲜还是狼狈，有时只需站到城市高楼的阳台上，冲着故乡的方向一望，心头便会骤然涌来一缕缕的暖，那是袅袅的炊烟吹拂而来的。像一首经典老歌萦绕在耳畔，炊烟飘过山峦，在亲切地唤着乡村美好的记忆，唤着唏嘘不已的人生感慨……

炊烟，是大地上不停地变幻的水墨画，简洁又丰富，散淡又浓郁。

随风而逝的一缕炊烟，在漫漫的人生旅途中，也许只是一抹淡淡的忧伤，也许只是几行隽永的小诗，也许正是一曲便可以洗尽生命的骊歌，也许还是一条再也无法回去的路……咀嚼梦中的缕缕炊烟，竟让人悲喜交加。

星星知我心

　　一个寻常的冬日，随手点开一首经典老歌《星星知我心》，台湾著名歌星蔡幸娟甜美的音色，仍流淌着光阴无法抹去的刻骨柔情，我立刻被带回到那个无限怀恋的年代，被带进许多难忘的往事之中，心头回荡着如泣如诉的旋律："昨夜多少伤心的泪涌上心头，只有星星知道我的心。今夜多少失落的梦埋在心底，只有星星牵挂我的心……"

　　真的无法"风烟俱净"啊！穿过风尘岁月的种种风霜雪雨，见识过太多人世间的悲欢离合，一颗染了沧桑的老心，虽已退却了激情，日渐归于素淡，然而，那凝了无限情意的一声"星星知我心"，好像谁在肩头猛地拍了一掌，柔柔的心又被撩拨了，怀旧的思绪缤纷着，铺向曾经的水色山光，铺向心中永不肯褪色的那一张张老照片。

曾是满天星光下做梦的少年，面对浩瀚的星空，我心头无尽的想象在自由飞舞，年轻的心愿绚丽如诗。那样踌躇满志，意气风发，指点江山，一切都像春天的花树，热烈而招摇，似乎张开双臂便可以拥抱整个世界，迈开双脚便没有到达不到的远方，青葱岁月里油然而生的自信，像鼓满劲风的船帆，膨胀得可爱。

乡村悠闲的夏夜，月光皎洁如银，缕缕清风拂过鸡鸭们停止了喧嚷的小院，小黄狗趴在门口打盹，牵牛花顺着木栅在向上攀援，几只提着灯笼散步的萤火虫，走过那株静默的老榆树，向菜园子里水灵灵的蔬菜们致意，黄瓜花蕊上的露珠在悄然滑落，鸣叫的夏虫在呼朋引伴，祖母星星般美丽的童话，也在此时不紧不慢地登场了。

数星星，是我儿时做过好多次的乐事，一颗、两颗、三颗、四颗……我仰起脑袋，用小手指点着，认真而有耐心地数着，数到了几百颗时，恍然发觉刚刚数过的那片区域，又突然冒出两颗明亮的星星。再换一片星空，我又从头数起，数来数去，脖子仰得酸了，手指也点数不过来了，还是连一片星星也无法数清。这时，祖母慈爱地拍拍我的头，嗔怪道："傻孩子，天上的星星，比地上的人还多呢，你怎么数得过来？"

祖母告诉我，每个从大地上离去的好人，都会变成天上的一颗星星，而坏人是没有资格成为星星的。要一生坚持做一个好人，这个朴素而伟大的夙愿，或许这便是祖母给予我的最初的人生价值观启蒙。

望璀璨的星空，倏然滑过一颗流星，在我幼小的心空上留下了难以磨灭的印记，那一道耀眼的弧线，是在欣然地赶赴一场约会，还是在心犹不甘地退场？那燃烧着急速的坠落，多么像烟花，从炽热到寒凉，转瞬间便匆匆完成了，一如繁丽的花朵从枝头猝然跌落，没有任何征兆，只叫人看得愕然，不禁坠入一片无可名状的怅然之中。

"迢迢牵牛星，皎皎河汉女。"喜欢牛郎织女这个古老而美丽的传说，隔着那浩渺的银河，无法在人间相爱的两个人，还可以在星空里，那样痴痴地相望着，等待一年一度的鹊桥相会。原来，能够守着一份爱的期盼，有时也是一种莫大的幸福。

那天，陪一位年过八旬的老者，坐在灯火明亮的庭院里闲敲棋子，老人家忽然一仰头，孩子般惊喜地喊道："快看，织女星。"我还来不及反应，他又自言自语："那一颗牛郎星离得还是太远了，可恨的王母娘娘。"

老者的儿子走过来，与我相视一笑，彼此谁都没有说什么，似乎老者也不需要我们说什么。我俩知晓老者年轻时那段一波三折的爱情，只是最终还是有情人难成眷属。很自然地，他看到的牛郎星和织女星，比我们更懂得他藏于心底的难以言说的秘密。

歌手高胜美演绎的那支名曲《昨夜星辰》，或许能够生动地诉说他心中永远的不了情："昨夜的星辰已坠落，消失在遥远的银河。想记起偏又已忘记，那份爱换来的是寂寞。爱是不变的星辰，爱是永恒的星辰，绝不会在银河中坠落……"纵然如今已是"人成各，今非昨"，但那始终不舍的真爱，依然如明亮的星辰，闪烁在深情流淌的心河之中，一任时光流转，永远不会坠落。

李白有诗云："身将客星隐，心与浮云闲。"向万乘之君长揖而辞去高官的严子陵，飘然归隐于富春山，垂钓在沧海间，赏花开花落，看星空浩瀚，心与浮云一样闲远。连谪仙人李白都要敬慕严子陵，他宁肯选择做一颗毅然隐去的流星，丝毫不恋显赫的权位，一如清风翔万里，松柏一样的高洁，天宇间飞过的流星看得清清楚楚，看得明明白白，像李白与严子陵的惺惺相惜，即使隔着遥遥的时空，也依然心意相通。

星星点灯，是一个十分美妙的短语，暖暖的，柔柔的，由远及近，由此及彼，闪动着深邃的诗意，又流溢着浓郁的人间烟火味。

那是一个清冽的冬夜，正驾车急切地朝家中赶，山路崎岖难行，轿车一路颠簸。突然，车轮猛地一滑，急速地坠入路边的一个深沟里，幸好厚厚的积雪做了缓冲性的保护，没让我受伤，但轿车彻底熄火了，我使尽浑身解数，也发动不起来了。

在那天寒地冻的时节，抛锚在前不着村后不着店的荒野，实在令人苦恼。打电话求援，拖车要等到天亮才能抵达，我一脸沮丧地望了望四周，除了黑魆魆的树木，便是地上亮着银光的皑皑白雪。

淡淡的月光，似乎还透着丝丝的温热，碧空里的点点星光，也好像在努力地驱逐冬夜的寒凉。身子和心冻得开始打战，我不敢在此处多停留，想赶紧到附近找一个温暖的去处。我请北斗星指路，踏着月光，顺着无名的山路往前走，嘴里还哼唱着多年前的流行歌曲《星星点灯》，给自己鼓气壮胆。

走了大约四五里，终于看到山坳里的几户人家，那些微弱的灯光，像一团团正燃烧的火，远远地，我就感受到了扑面而来的温暖。我不由得加快了步伐，直奔亮灯的人家。

叩开一户人家的房门，主人见我眉毛胡子一片雪白，眼镜上也结了一层白雾，赶紧招呼我坐到土炕的炕头，好好暖一暖。待我身子暖过来，热情的主人已召集来七八个邻居，他们开上两台农用车，拉上我，一起去帮我将掉进沟里的车拽出来。

等把我的车拖回到农家小院里时，已是午夜时分，我掏出一沓钱想表达由衷的感谢之意，几个热忱而忠厚的山里人连忙推开，他们说帮我拽车、拖车，不过是一件举手之劳的事，是理所应该的，若是为了钱，那就没意思了。

我心里暖暖的，不停地道着感激，寒夜里的星光，看得见我眼角悄然滚落的晶莹。

长时间生活在霓虹灯闪烁的都市里，整日忙忙碌碌，已很少仰望星空了，那些会眨着眼睛说话的星星，不知不觉间，似乎已被我淡忘了。

一个春风轻吹的夜晚，与朋友聚餐结束，我负责送一位德高望重的老作家回家。

老作家告诉我，他一直住在远离市中心的郊外，因为那里离庄稼地比较近，空气清新，没有鳞次栉比的高楼大厦，容易看到满天的繁星。他写作累了，就会不自觉地抬头看星空，找不到写作思路了，也会看星空，开心的时候，看星空，寂寞的时刻，也看星空。他的喜怒哀乐，星星看得见，星星都明白。

我很赞赏老作家，说他是在与星星亲密地对话，他的情思是星辰大海，旷达而深邃。

老作家却说，有星星陪伴的日子，是幸福的，简单而充盈。

收音机里传来了快乐无比的儿歌："一闪一闪亮晶晶，满天都是小星星，挂在天空放光明，好像千万小眼睛……"那清澈如泉的童年，仿佛从来就不曾走远，我突然发现，一个心中装满星星的人，一定是一个有故事的人，是一个重情重义的人。

星星永在，无论我仰首还是低头，赶路还是停歇，昨夜的星辰和今天的星辰，都始终闪烁在我心中，讲述着我绵密的心事，吐露着我丰富的情意。

第 三 辑

轻轻吹拂，那些久烘着岁月的暖

往事并不如烟。旧时的燕子还会衔
来一帘醉人的杏花雨，印满沧桑的
河道里仍流淌着清新的水声。跟随
着一缕炊烟，走进记忆的深处，那
么多温暖的好时光，依然清晰如昨，
就像吹过头顶的风中，还有浸润心
灵的馨香，在绵绵地飘逸。

捡拾几许秋欢

四十年前，拾秋，是我的乡村生活里每年都如期上演的情景剧，朴素而风俗。

一大片收割过的田地里，难免会有一些被遗落的苞米、黄豆、谷穗等庄稼，等待老人和孩子们，带上顺手的工具，重返田间，再悉心地搜寻一番，细心地翻找一番，将散落的秋实，一一捡拾，力争颗粒归仓。

拾秋，实在是一个颇具诱惑力的词语，仿佛大地故意藏起了一些宝贝，吸引着人们扑过去，饶有兴致地去翻找、去捡拾，一个细小的惊喜，连着一个细小的惊喜，将秋天欢愉的氛围渲染得更加浓郁。

诚实的大地，慈心仁厚，不会辜负每一颗种子的梦想，也不会慢待每一株秧苗的努力。随着金风温柔的吹拂，五谷丰登，瓜果飘香，便成了秋日大地上流行的主题。于是，一系列欢欣鼓舞的秋收，便是十分寻常的事了，而紧跟其后的拾秋，亦是顺理成章的事。

那时候，村里的农田都归生产队集体所有，村民们春夏一起耕耘、播种、间苗、除草、施肥，秋天一起收割、翻晒、储藏，然后，一同分配劳动果实，集体合作的特色异常鲜明。但也有纯粹属个人化的劳动，那便是集体收割后遗落在地里的粮食，谁都可以去捡，谁捡到了就归谁。拾秋，像是乡村里对节俭的一种褒奖，又像是对勤劳的一种鼓励。

收割的季节一到，一大片苞米秸秆便被纷纷地放倒了，一车车苞米棒子，被迅速运到生产队的场院里晾晒，等晒干了，一部分上交国库，一部分发配给各家各户。

一块地收完了、运完了，生产队长一声招呼："可以捡地啦！"早就做好了准备的老人和孩子们，便兴奋地提着篮子，四散到地里，眼观六路，手摸脚探，细细搜寻，比赛着看谁更有耐心，也比赛着看谁更幸运，欢悦的降临常常是突然的：在苞米秸秆上居然藏着一个籽粒饱满的苞米棒子，赶紧拧下来；在车辙深深的地垄沟里还躺着一穗苞米，赶快捡到篮子里；在地头的草丛里，竟然还散落着两穗苞米，自然不能放过啊……

也有性子急的孩子，眼大漏神，在地里一通乱窜，竟错过了一些近在咫尺的果实，还有的小孩禁不住一株"黑星星"的诱惑，或被一只漂亮的小鸟吸引过去了，一时忘了初衷，反不如腿脚不甚利索的老人时有发现。捡地，还真的是一个考验心性的农活儿。

我更喜欢捡大豆。走进阔大的大豆地里，抬头一望，豆茬低低的，很容易就能看到哪里有遗落的豆枝，哪里有散落的豆荚，哪里除了零乱的荒草，空空如也。一经锁定目标，我便会迅疾地赶过去，一把捡起，放进身上的背篓里，生怕别人抢去。接着，瞪亮双眼，快速地四下逡巡，充分发挥自己眼尖、腿快的优势。自然地，我每次捡回的大豆，比同去的小伙伴都相对多一些。

当我骄傲地将捡回来的豆枝和豆荚，放在屋前的小院里曝晒，直到豆荚再也撑不住了，啪啪地爆裂开来，我将一粒粒豆子收集起来，装到袋子里，自豪地交给母亲。到了冬天，一听到村口有"换豆腐"的吆喝声，便兴奋地拿上几斤豆子，换来一块块水豆腐或冻豆腐。当饭桌摆上豆腐时，我会得意地问母亲："这是我捡回的豆子换来的吧？"

地面上的豆枝和豆荚捡尽了，还有更考验智慧和耐心的拾秋，那就是挖出田鼠藏起的豆粒。是一次偶然的发现，激起了我浓厚的找寻兴趣，我拎着一把锋利的镐头，像一个机警的猎人，仔细搜寻着田垄的上上下下，一个突起的土包，或一个小洞，都是一个可疑的线索，我举起镐头，毫不犹豫地刨下去。失望自然很多，一次次探寻，遇到的不过是一个个虚张声势的噱头，我并没有看到一粒大豆的身影。

　　不过，我有着十足的耐心，那些小小挫折，反倒激起了我不服输的斗志，我愈加细致地探视，不厌其苦地翻找。功夫不负有心人，一个摆满金黄的豆粒或大堆豆荚的仓库，终于被我挖开了，久久期盼后突然而至的那份欢喜，实在是妙不可言。

　　注视着那些被隐藏起来的饱满的豆子，我对乡村的一些劳动有了更为切肤的理解和领悟。对不起肯定费了不少周折的田鼠，这些村民们汗水浇灌出来的果实，不应该被不劳而获者无偿地占有。我这一番自觉的挖掘，正是在向另外一些被忽视的劳动致敬。

　　一位诗人曾如此形象地描述自己拾秋的景致：一枚被遗落在田间的硕大的谷穗，被捡到篮子里时，阳光亲吻着它，像亲吻着一个远走他乡又突然回家的孩子，连空气里都漾着掩不住的欢喜，盛着意外收获的篮子，在秋风里摇摇晃晃，我像一个勤快的小蜜蜂，带着满心的甜蜜，踏上夕阳绚美的乡间小路，远远的一声牛哞，将炊烟叫得更温馨了……

　　到菜地里拾秋，则是秋风扫落叶般的干脆利落了。一堆堆萝卜和白菜都运走了，地垄上下，只剩下黄绿相间的菜叶子，那也是牛羊越冬的好饲料，必须全部收回。这时，就要带上铁耙子，将菜叶子搂成堆，装上手推车，一车车地推到屋后，晾晒好了，再储藏起来。

　　至于一些被遗落在泥土里的土豆，则需要带上一把好用的二齿钩，顺着地垄，一遍遍地梳理，直到一个个白胖的土豆，被翻了出来，才会心满意足地离开。

拾秋，是捡回遗落在秋天里的细碎、琐屑，是拾起凝在散落的秋实上的汗珠。拾秋的主力军，常常是老人、妇女和孩子们，他们似乎更喜欢以自己力所能及的方式，去配合那些壮年劳动力忙碌的大秋收，加倍地珍惜秋天馈赠的果实。

父亲曾告诉我：秋收是绝对不等人的，一场绵绵的秋雨，很可能会让一大片苞米发霉，而迟收两天，那些干透的豆荚就会炸裂，减产许多。所以，村里的青壮年人会起早贪黑地紧张收割，根本腾不出手来，慢条斯理地拾秋。

如今，乡村的秋收，几乎全都交给了现代农机具了。秋天一到，各种农业机械便隆隆地开进了田间地头，边收割，边脱粒，边整地，收得又快又干净，近乎没了任何遗落，自然也就少了拾秋的人。

一日，有朋友说要给我发一组漂亮无比的拾秋图，我欣然地说"好"，满怀了期待。等打开电子邮件，我立刻哑然一笑：原来，他所说的拾秋，就是用镜头捕捉一幅幅美丽的秋景，那些美得炫目的秋色，虽然是他慧眼拾取的，却并非我想象中的曾亲历的拾秋图。

拾秋，如今越来越像是一张张老照片，记着一段老光阴，蓦然回首的刹那，仍会散出一缕缕的暖，如和煦的秋阳，照着一颗柔软的心，朝往事的深处，慢慢走去。

麦秸垛藏不住的幸福

再也回不去的是故乡，再难看到的是耸立在乡村的麦秸垛。

多年前的乡村，人们喜欢就地取材，各种庄稼的秸秆都成了做饭、取暖的好帮手。一到秋天，麦子颗粒归仓了，那些经过碾压的麦秸，被牛车、马车一趟趟地运回村子，先卸到各家门前，任孩子们在上面翻滚、嬉戏，任公鸡母鸡们上蹿下跳，从中觅得裹在里面的草籽，然后，一家人齐上阵，插钩并用，认真地垒成厚实的大垛，很像一座座蒙古包。

在炊烟缭绕的村庄，或高或矮的麦秸垛，那般贤淑地站在各家各户的房前屋后，像知冷知热的亲人，时常给村民们送上贴心的温暖，自然、朴素。

父亲喜欢将麦秸垛垒成圆圆的，如同一个硕大的馒头，每次抱一些麦秸生火做饭，都仿佛贪吃的小孩揪一片馒头塞到嘴里。邻居王大伯夸赞我家的麦秸垛漂亮，不像某些人家只是潦草地堆成垛就完事了，父亲还用耙子将四周松散的麦秸梳理下来，板板正正的，有些君子的风度。

母亲准备做饭了，只要我在跟前，她就会让我去抱麦秸，我也乐意干这种差事，既可以享受抱着松软的麦秸的那种舒服的感觉，又可以趁机干一些私活儿——我想掏出一个麦秸窝，每次取麦秸，我都有意从垛中央往里面掏，一天掏一些，一个圆洞就渐渐地扩大起来，十几天后，就掏出一个不小的圆窝，正好可以装入一个少年简单而快乐的秘密。

母亲早就看出了我的意图，但她没有制止，只是提醒我，小心别让上面的麦秸坍塌下来，别压着自己。母亲疼爱的放任自流，让我干得更卖力了。一有空闲，我便去修整那个日渐扩大的麦秸窝。邻居杨二婶看见了，打趣我："你这是要掏一个特大的鸡窝啊？"我笑而不语，那些鸡们有下蛋的窝，有睡觉的窝，才不会抢占我的麦秸窝呢。

似乎我还有一些建筑天赋，我的麦秸窝建得大气又牢固，我得意地将弟弟和妹妹都请进去，或坐，或卧，可嗅麦秸之香，可看窝外的风景，也可以在里面看书，还可以躺在里面睡觉。淘气的弟弟白天在里面睡了一觉，还不过瘾，居然想晚上也睡在里面。

没想到，那只芦花鸡也看中了我的麦秸窝。那天，我刚一走近，便看到它慢条斯理地走出来，好像从自家里走出一样心安理得，也不跟我打招呼。待我像往常一样钻进去时，欣喜地看到三枚尚温的鸡蛋正赫然躺在那里，这验证了杨二婶当初的猜想是有依据的。听说，后院老赵家的母鸡，居然在麦秸垛里孵出了一窝小鸡。看来，鸡们也是挺喜欢麦秸垛的。

后来，我用树枝在我的麦秸窝前做了一些阻挡，将芦花鸡请回了自己的窝。

冬天来了，一场接一场的雪，覆盖了乡村四周的山川大地，也将一座座麦秸垛变成了白蘑菇或白房子。有一段时间没光顾的麦秸窝，也飘进了一些雪，我戴上手套，细心地将雪一点点地清走。穿着厚重的棉衣，有点儿笨重地爬进去，身子立刻暖和了许多。坐在里面，听外面呜呜叫着的北风，立刻想到了灶膛内呼呼的火苗，那是麦秸以火焰的方式，在舔着大铁锅，将乡村朴素的日子，烧得暖暖的。

我喜欢看麦秸许身灶膛时的那份决然，那些曾在田野间栉风沐雨的麦秸，被陆陆续续地抱进厨房，被不断地塞进灶膛，转瞬间，就由一团团红艳艳的火，变成了一缕缕炊烟，爬出乡村屋顶直指蓝天的烟囱，悠悠然，成一朵朵云。

天寒地冻的冬日，麦秸的消费量大增，麦秸垛在迅速地缩小，我精心搭建的麦秸窝也岌岌可危了。我想在它坍塌之前，利用它做掩体，玩一次雪地捕雀的游戏：一个风不大的午后，我在铺满积雪的院子里，扫出一块空地，撒上一把谷子，用一截短棍，支起一个大竹筛子，短棍一头系一根细绳，牵着绳子的另一端，我藏进麦秸窝，等待麻雀钻进筛子底下觅食，再突然拉动绳子。

那些警惕性十足的麻雀，总是在筛子附近蹦蹦跳跳，不肯轻易地钻到筛子底下，偶尔有一只钻进去，马上又跑了出来，我瞪大眼睛，耐着性子等啊等，终于看见两只麻雀钻进去了，猛地一拉，筛子倒下了，我赶紧跑过去，里面罩住了一只麻雀，费了好大的劲儿才捉住。

那只被放进笼子里的麻雀脾气倔强，对我送到嘴边的食物，不理不睬，挣扎着要跑掉，一时跑不脱，便鼓着肚子生闷气。看它可怜的样子，我不忍心了，打开笼子放飞了它。从此，更敬佩活得有个性的麻雀，只欣赏，不再捕捉。

一个麦秸垛消逝了，虽然早已料到，但它在眼前彻底走开时，心里还是有些失落的，就像看见灶膛里的火一点点地熄灭，变成了一堆灰烬。好在很快希望又升起来了——又一个秋天即将来临，又一个麦秸垛已走在路上了。

麦秸垛收藏了许多散着浓浓的草木气息的乡村往事，那些跟粮食密切相关的事物，那些与温暖紧密无间的事物，还有那些红火的期盼，那些忙碌的播种与收获，那些简单而厚实的日子，那些乡土中国里凝聚的深厚情怀……

时光的剪刀实在太锋利，不少新鲜的事很快就成了旧事。如今，很多乡村人都已搬进城镇里的楼房，用上了燃气。麦秸直接被粉碎了，撒进了麦田，化作了改良土壤的肥料，村庄里很难再见到麦秸垛了。关于麦秸垛的记忆，也成了一张张斑驳的黑白照片了。

飘香的爆米花

不知不觉间，许多童年的味道，已悄然浸润到生命里面了，难以忘怀。

那天，我正在街头行走，身后突然"砰"的一声闷响，一股爆米花的香气扑面而来。猛然回头，惊喜地看到街角一位老人在烘烤爆米花。

冬日的暮色中，他穿一套老式的蓝色工装，苍老的面颊上有一抹明显的炭黑，那副手套的边缘开了线，他从那台旧式爆米花机里，正往一个布袋里倒米花，旁边的铁桶里燃着红红的木炭，破旧的三轮车上有两个竹篮，里面盛着刚爆好的大米花和苞米花。

看到我目光中流露出的不可遮掩的欢喜，老人指着黑乎乎的爆米花机,冲我笑笑:"你对这个也感兴趣?"

我点点头。记得小时候,村里的张伯也有一台这样的爆米花机,他用二手的"飞鸽"自行车推着,走村串乡,随着粗犷的吆喝"爆米花喽,爆米花喽",一群大人和孩子立刻被唤出,围在他身边,看他将一茶缸的苞米装进中间鼓起的机膛,再用铁扳手封好机头,将爆米花机放到铁架上,铁架下面放一个燃着木桦子的铁盆,他不停地摇动机身,使其均匀受热。

大约十多分钟后,看一眼摇柄上的压力表,张伯喊一声"要爆锅了",我和小朋友们便躲远一些,用手捂住耳朵,好奇地看着张伯将爆米花机对准套着旧轮胎的布袋,一只脚踏住机膛,左手稳住手柄,右手用扳手插入锅头开关,用力一扳,一声"嘭"的闷响,一股白色热雾升起,喷香的爆米花顷刻便涌进布袋里。

没想到,一晃四十年了,居然在繁华的大城市里,又碰见了久违的爆米花机,又闻到了记忆中熟悉的米花香,依然那么醇厚,那么亲切。

我买了一袋爆米花,坐在老人对面,一边香甜地吃着,一边跟他聊起了家常。

原来,他这门手艺,还是当年做知青,在那个偏远的山村插队时学的。那会儿,他年轻气盛,跟那位暴脾气的场长大吵了一通。场长后来给他"穿小鞋",他窝了一股火,想找机会暴揍一顿场长。幸好遇见那位见广识多的师傅,师傅指着一身漆黑的爆米花机开导他："你瞧它，憋了一肚子的气，却不去伤人，而是隐忍着，最后开出那么多大家都喜爱的花。"

"您说得真好，能够把怨气开出花，才是真本事。"他由衷地感激师傅的教诲。

后来，他干工作热情高，各方面积极进步，很快就成了那个农场里的生产标兵，连那位场长也敬佩地夸赞他，比刚来时成熟多了，优秀多了，他要备战高考，场长还特意给他批了假，帮他找来复习资料，两人的友谊一直延续至今。

快五十岁时，他所在的那个曾经一度很红火的轧钢厂破产了。接下来的几年间，他打了好多种零工，吃了不少苦，收入不多，日子过得比较拮据。

一天，在电视上看到介绍爆米花机的广告，他的心似被什么东西猛地撩拨了一下，没犹豫，他直接联系厂家，购回眼前这台爆米花机，开始经营爆米花生意。

前些年，光临他的爆米花摊的顾客还真不少，每天他都有一些稳定的收入，日子也一天天好起来，还搬进了楼房。

如今，现代化的爆米花机已纷纷涌进大商场，各种口味的爆米花在大大小小的超市里，正被精美地包装着，招摇地吸引着人们的眼球。他那老式的爆米花机，市面上已近乎绝迹。

然而，他仍坚持每天出摊，虽然生意十分冷清，他依然守着爆米花摊，像守着一个良好的习惯。他优秀的儿子，已经拥有了自己的公司，好多次劝他该待在家里享享清福了。他说还有人喜爱这老式的爆米花，他只要干得动，就继续干下去，其实这也是一种享受。

我想帮他宣传一下，他忙摆手制止："一代人有一代人喜欢的口味，我现在鼓捣爆米花，也不为了赚钱，只是为一个舍不得放下的念想。"

为一个舍不得放下的念想？他有些浑浊的瞳孔里，分明闪着纯正的光泽，一如夕阳里那些开得正浓的菊花，越是细细品读，越能品出其中迷人的味道。

路灯亮起来了，老人开始收摊。望着他坚毅的背影，我心里暖暖的，相信那一缕爆米花的馨香，也会牵动我的一串美好的念想，穿越长长的时光，定格或者延伸。

久烘着岁月的暖

　　三十年前，在大学中文系读书时，读过李国文的长篇小说《冬天里的春天》，其内容情节如今已模糊了，小说的名字却深深地刻在了脑海里，因为那里有烘着岁月的暖，久久的。

　　此后的一些辛苦奔波的日子里，我多次遭遇过人生的寒冬，那些刻骨铭心的冰冷，曾把一颗柔柔的心冻得生痛。幸好，我遇见了不少给了我春天般温暖的人，他们雪中送炭的关心，帮助我熬过了一段段苦涩的时光。

　　在那个大学生稀以为贵的年代，大多数同学都分配到了比较理想的单位，而作为一名委培生，我极不情愿又无可奈何地被分配到一个偏远的林区小镇。曾经风风火火的"校园诗人"，流落到一所寂寂无闻的中学，我真切地体味到了"怀才不遇"的滋味。开学不久，因为一点儿鸡毛蒜皮的小事，我冲着校长发火，校长批评了我几句，我不服气地摔门而去。

那个冬日的黄昏，我独自茫然地走在坑坑洼洼的街道上，雪花零乱地飘着，肆无忌惮的西北风，使劲儿地穿过棉衣，刀子一样的冷，身子和心一下子疼了起来。

漫无目的，任一双冻得有些麻木的脚，拖着我落寞地走过弯弯曲曲的街道尽头，走向小镇外面的大片旷野。

不知不觉间，风更猛了，雪也更大了，我赌气般地一直往前走，似乎行走已成了我唯一想做和能做的事情。

天黑下来了，山脚下一栋土坯房子内不太亮的灯光，引领着我朝前走去。一只白狗刚叫唤了两声，便被跑出屋来的一位女人喝住了。

看着浑身是雪、狼狈不堪的我，她有些惊讶："天色这么晚了，雪下得这么大，你这是要去哪里啊？先进屋里暖和暖和吧。"

"我就是出来走走，不到哪里去。"走了大半天了，腿沉重得有些迈不动步了，我便跟着她走进低矮的小屋。霎时，一股热气迎面扑来，里面飘着熟悉的小米粥的味道。

小屋只有两间：一间是厨房，一间是住室。一个五六岁的小女孩，正趴在炕上看一本翻烂的画报。看到突然而至的我，她瞪起黑圆的眼睛，怔怔地。

"小雅，快过来，让叔叔坐炕头上暖暖身子。"女人给我倒了一茶缸子热水，热情地招呼我赶紧脱鞋上炕，就像我每次回到老家时，我的婶子那样实在。

坐在炕沿边，我冲着小雅笑笑："能看懂画报吗？"

小雅点点头，自豪地告诉我："我都认识四百多个字了，明年就要上学了。"

"真棒！相信老师一定会喜欢你这样的好孩子。"我赞叹道，想起童年的好时光。

小雅的家，简直可以用"家徒四壁"来形容——旧报纸糊的矮棚，窗户上钉了塑料布防风，几块木板搭的简易床柜，一张漆面斑驳的饭桌，床头有几本厚薄不一的杂书。

门外的狗又叫唤起来，小雅兴奋地喊道："爸爸回来啦！"女人笑着去厨房，准备开饭。

"这场雪下得可真大啊！"上山砍柴归来的男人推门进屋，片片雪花也抢着挤了进来。

"日暮苍山远，天寒白屋贫。柴门闻犬吠，风雪夜归人。"我情不自禁地念出了唐代诗人刘长卿的《逢雪宿芙蓉山主人》。

"有稀客光临啊！欢迎，欢迎。"男人姓郝，热情地邀我上炕一起吃晚餐，郝哥还烫了一茶缸子白酒，两人各倒了半碗。

郝哥说赶上啥就吃啥吧，真正的"薄酒素菜"：小作坊酿的玉米烧酒，炒土豆片，冻白菜蘸酱，还有大蒜瓣和毛葱。玉米面饼子，还有黏稠、暖胃的小米粥。

很奇怪，平素很少碰酒的我，突然间竟有了一种他乡遇故知的兴奋，与郝哥推碗相敬，一口又一口，高度数的小烧酒，透着酣畅淋漓的爽，从口腔到胸腔，再到周身的每个毛孔。

"酒酣胸胆尚开张"之中，我知晓了郝哥和女人的一些遭遇：他们老家在山东，两人刚结婚三年，年纪不大的父亲便得了癌症，他们卖掉了房子，借遍了全村，多方筹钱给父亲治病，仍没能挽留住父亲的生命。一位远房的亲戚，可怜穷得只剩下外债的他们，帮他们买了两张车票。一路颠簸，他们来到这个前不着村、后不着店的山沟沟里，承包了几十亩薄地，聊以度日。

郝哥有些得意地告诉我，这两间土坯房，没请外人帮忙，是他俩忙活了两个月，一坯、一木地盖起来的。刚开始，没通电，一到晚上，就早早地睡下了，去年才接上电。

郝哥还告诉我，今年玉米丰收，除了留足口粮，还能卖一些，收的黄豆卖了八百多块钱，自己房前屋后种的菜，一年四季都够吃的。他们这两年还开垦了一块荒地，他捡了一些林场间伐后扔下的木头，准备明年开春种植木耳……二十五瓦的白炽灯，映着他一脸的红光，仿佛好日子正一步步地朝他走来。

那天晚上，我没好意思说自己工作分配的不如意，因为我那点儿小苦恼，在他们所遭遇的苦难面前，根本不值得一提。郝哥也只是很开心地跟我东拉西扯，似乎他肚子里装了一大堆的话，必须倾泻出来，而我，正是一个不错的倾听者。

夜深了，外面的雪下得更大了。不知何时，女人在厨房的空地上铺了厚厚一层苞米叶子，盖上几个麻袋片子，再铺上褥子，以此为床。小雅已睡着了，女人在旁边纳着鞋底。

我有些许的尴尬，还有些许的愧意，在这样飘雪的冬夜，他们一家人不能睡在热乎乎的土炕上。为了将热炕头让给我这个陌生的路人，母女俩只好在厨房里打地铺了。

郝哥安慰我："大兄弟，承蒙你这个知识分子不嫌弃，将就一下，就算是体验一下山里人家的生活吧。"

"这哪里是将就啊？这简直是我今生难忘的最高礼遇啊！"我眼角有些潮湿。

听着屋外响亮的风声，躺在暖暖的土坯炕上，平时睡眠不好的我，那天晚上居然一觉酣眠到天亮。

告别时，郝嫂特意装了一罐头瓶子她腌的豆瓣酱，让我带上。她说看出我喜欢吃，还说吃好了，有时间可以过来取，很下饭的。

多年以后，我调入了哈尔滨师范大学文学院，如愿以偿地当上了一名写作教师。

那天，我在一家大公司刚刚结束一场公文写作讲座，一位衣着时尚的女子，走到我跟前，微笑着告诉我："二十八年前，我就认识您了。"

原来，她是小雅，研究生毕业后，被分配到哈尔滨移动通讯总公司的宣传部。

时光流逝得真是快。一恍，昔日天真的小雅，如今已成为干练的企业中层干部了。从她的口中，我得知，郝哥郝嫂如今身体都很好，在海口买了房子，正安享幸福的晚年。他们在牡丹江市里也有楼房，夏天也回来避暑。

真好，善良、勤劳的好人，真的有了好报。见到小雅，我想起了多年前发生的一件事。

那是一个春寒料峭的早晨，我脚步匆匆地赶到省城医院。忽然，一阵冷汗冒出来：我兜里揣的一万块钱不见了，那是给祖母看病急用的，是父亲东挪西借好不容易才筹到的。

翻遍周身上下，努力地回忆了半天，我也不知何时、在哪里弄丢了救命的钱。蹲在医院的走廊里，又急又怕的我，不禁放声痛哭起来。一位姓李的大娘闻声走到我身边，得知我丢了钱，她立刻往我手里塞了五百块钱，让我先拿着应急，还安慰我："钱丢了，我们想办法寻找，可不能折腾坏了身子啊。"

素不相识的李大娘，简单的几句话，止住了我簌簌扑落的眼泪，我感激地冲她点点头。

有热心的记者闻讯写了稿子，在电台里播出了，但依然没找回丢失的钱，我正愁着再去哪里筹钱时，好心的李大娘走进病房，将一万块钱放到我手里："知道你要照顾奶奶，没时间出去借钱。"我感激地要给她写一个借条，她说不用写借条，啥时候我手头宽裕了，再还给她就行，她一时半会儿也用不上。

　　两年后，我的第一本散文集出版了。在一个落雪的中午，我一拿到出版社寄来的稿费，就匆匆赶到李大娘家。她的小女儿说了几句话，立刻让我僵住了：老人已病逝一年多了。她借给我的钱，是她的儿女们给她的救命钱，知晓癌症已是晚期的她，主动放弃了治疗。临终前，她还一再叮嘱儿女们，千万不要找我讨要借款，她说相信我有能力时一定会主动还钱的……

　　竟然是这样！

　　泪水忍不住地流出，望着相框内李大娘慈祥的笑容，我深鞠一躬，股股暖流撞击着柔柔的心，无尽的感动和感激，令我这个小有名气的作家，骤然感到语言的苍白无力。

　　行走在滚滚红尘中，每当有人向我慨叹世事艰难、人情冷漠时，我都会立刻说"不"，并自然地想到一些阳光般温暖的人和事。比如，身在窘境仍乐呵呵地给予我贴心关怀的郝哥一家；比如，知道生命将提前谢幕仍把真挚的爱慷慨地赠予我的李大娘和她的家人。

　　一位诗人朋友告诉我，她喜欢做的一件事，就是漫步于冬日的校园小径，让穿过树枝的阳光落到脸上，淡淡的，轻轻的，有着诗意的暖。

　　凡夫俗子的我，卑微而又富足，因为我是一个得到过许多阳光照耀的幸运者。有了那些久久烘着岁月的温暖陪伴，我会从容地走过尘世所有的风霜雪雨，会欢喜地走进幸福的天地，去拥抱那一簇簇如花的美好。

那条小河还在流淌着

　　一晃，离开故乡三十多年了，记忆中的那些低矮的茅草屋，早已换成了一排排红砖青瓦的大房子，尘灰飞扬的坑坑洼洼的土道，也已铺成了平整的石板路。村东面那一片草甸子，已被开垦为耕地，村北面小山上的树木也更繁茂了。

　　金秋十月，云淡天高，我换上胶鞋，拎着祭奠的物品，走过刚刚收完的田埂，顺着那条蜿蜒的小路，朝着少年时经常光临的小山坡，慢慢地走去。在那向阳的山坡上安然地睡着我家族的前辈，他们离开我已很久了。

　　忽然，我有些惊讶地喊出声来："啊，小河还在！"

　　杂树与杂草簇拥的一条窄窄的小河，像一条清瘦的带子，被随

手挂在了山坡下，浅浅的河水，载着悠悠白云，载着落叶和草籽，弯弯曲曲地流淌着，那低眉顺眼的样子，很像低低飞过一群麻雀。

那是一条给小山坡带来无限生机的小河，它接纳了山上流出的山泉，也接纳了从四面八方汇聚而来的雨水和雪水，它依山而流，且听从着山外世界的召唤。它大多时候是平和的，很少掀起大的波澜。它呈现着山村特有的一种优雅的美，不卑不亢，不争不抢，只是随着光阴从容的脚步，缓缓地走着自己的路，想着自己的心事。

年少时的我，曾无数次跑到小河的身边，采一束漂亮的野花，或捡拾一兜蘑菇，或摘几粒红艳艳的浆果，或翻出藏在草丛里的野菜，或挖出埋在泥土里的中药材，或掏一掏斑鸠小巧的窝……小河仿佛拥有极强的号召力，那么多美好的事物，都愿意跟它待在一起。

当然，我那时最愿意做的事情，是与小河肌肤相亲。炎炎夏日，我扔下打猪草的镰刀和柳条筐，脱掉短裤和小衫，一个出溜滑，就钻进了小河温柔的怀抱，用无师自通的狗刨式泳姿，随心所欲地张扬满怀的快意。阳光晒过的河水，有着十分熨帖的暖，单是泡在水里，便舒服极了，再扑通扑通地拍打出一串四下飞溅的水花，就更畅快了。偶尔，会有一条小鱼，调皮地从双腿间游过，伸出手却捉不住。于是，取来柳条筐置于水中，缓缓地向前推动，再猛地往上一提，如此反复几次，柳筐里便会有一条不大的细鳞鱼在跳动。

在小河里玩累了，便跳上河岸，躺在松软的草地上，一边嗅着泥土的馨香，一边看两只蝴蝶在野花的头顶嬉戏，看一只蚂蚱在草秆上跳来跳去，听不远处翠鸟欢快地鸣叫……

冬天来临了，小河被彻底冻住了，厚厚的冰面上，又覆了一层雪，锋利的北风一吹，雪便纷纷地向河岸两边退缩，只留下光亮、溜滑的冰面，让我载满枯树枝的冰爬犁，可以在上面轻松地滑动。

那是流过我童年的一条美丽的小河，我至今没有给它起过名字，但它的眼神、身姿、性情、品格，和它周围的那些有名或无名的树、花、草、鸟，连同四季里的风霜雪雨，都如此热切地走进了我的生命，很现实主义，也很浪漫主义，闪着时光不老的迷人的光泽。

走到小河边，我不由自主地蹲下身子，望着依然宠辱不惊的河水，仍在缓慢地流淌着，还是从前那悠然的模样。

这世界真的是很奇怪，村庄的变化翻天覆地，周边的田地变了，小山也变了，村里的人很多都变得不认识了，唯有小河还保持着原来大致的样子，执意地不肯有大的改变，它是在暗示我：这就是我铭记在心底的故乡吗？

就像村口的那棵老槐树，两块剥落的皮，已掩盖不住裸露的筋骨，索性和那扩大了的树洞，一同显豁地提醒我：流走的时光，有些板结的耕地，淡薄的炊烟，归于泥土的老人，远走他乡的身影……关于乡村的记忆，很多黑白照片已斑驳，像荒废的那口老井，也像停止了转动的那扇石磨。

在小河边，我看到一个红衣的女子，在一畦散着石块的碎地里，用一只大铁锹挖出那些沾满沙土的红萝卜，煦暖的秋阳，照着她红扑扑的脸，照着那些健硕的萝卜缨子。一个个圆润的萝卜，多么像一个个美丽的名词，生动地告诉我，与泥土亲近的日子，那么的好。

一丛依河而立的芦苇，举着雪白的芦花，在秋风里翩翩起舞。那几棵柞树又苍老了许多，一只松鼠抱着一颗橡子，仔细端详一番，便蹦蹦跳跳地跑开了。河面上的几片浮萍般的红叶，正漫不经心地剪辑着一幅幽静的山水画。

那是在亲切地召唤我吗？在忙忙碌碌的行走中，我的心中一度塞满了各种嘈杂的声音，已淡忘了一只黄鹂婉转的歌唱，已模糊了一片欢快的蛙鸣。而一直不曾干涸的小河，忽然站在我的面前，像一位久违的老朋友，在我的肩头轻轻一拍，我的眼角便一阵灼热。我知道，即使我走过了万水千山，经历过再多的繁华，收获了再多令人羡慕的光环，我也依然无法走出一条小河柔情万丈的叮嘱，走不出过往的那些恋恋风尘。

不是因为怀旧，也不是因为流逝得太多，而是能揣在心怀里的东西已经太少。掬一捧清凉的河水，轻轻地拂面，我倒映在水中的身影似乎更瘦了。依偎在河边，我出神地望着远处山洼里升腾的炊烟，望着山坡上那几个静默的大土包，望着色彩斑斓的秋叶，在秋风中沙沙作响。那一刻，我仿佛听到了一个亲切的神示，听到了来自生命深处的一串响声。

那天，陪着朋友在哈尔滨参观国际油画大展，遇见一位俄罗斯著名的油画家。他几乎所有作品中不可缺少的，就是形形色色的河水，汤汤的激流，或潺潺的溪水，如镜的平滑，或起伏的波折，作为画面的背景，或画面的主角，那些仪态各异的水，有着神奇的韵，有着魅人的魂。他说，正是那些活泼的水，给白桦树添了精神，是那些静谧的水，给那座小石桥添了诗意，是那些不拘小节的河水，给岸边的房屋添了有意思的味道……

很喜欢他脱口而出的"有意思的味道"，那是飘逸在人间烟火里的真，还有掩不住的美，自自然然。一些河水，也许会在某一时段被忽略，甚至被一时地忘却了，但总会在不经意的某一时刻，蓦然走到身边，欢喜地告诉自己：有些好风光，有些好光阴，一直都在。

那条小河还在流淌着，在我热恋的故乡，像一首清新的田园诗，隔着长长的光阴，向我徐徐传送的，仍是心头念念不忘的美。

摇曳在旧书里的好时光

旧书上覆着光阴的印痕，或深或浅，或淡或浓。

也曾光鲜如一青葱少年，被我欢喜地从书店里接到家中，也曾被我爱怜地抚摸着厚实的封面，满怀憧憬地打开，一页一页地读过去，思绪随着那些活泼的文字，恣意地荡漾开来，在彼方邂逅许多明媚的风景。

初冬的上午，阳光懒懒地洒向贴墙而立的一大排书柜，那一本本或立或卧的旧书，像一位位沉默的老朋友，一言不发地拥挤在一起。与我对视的一刹那，我分明感到心口似被什么东西猛地撞了一下，有隐隐的疼，仿佛逝去多年的一位亲人，突然闯入久违的梦里。

那时，我刚上小学四年级，风雪弥漫的冬日，趴在热乎乎的土炕上，翻开封皮早已不知去向的长篇小说《大刀记》，贪婪地读了起来。那是在山上参园里劳动的祖父，从打更的老头那里借来的。英雄梁永生的传奇故事令我着迷，祖母冲着我喊了好几次"吃饭了"，我才慢吞吞地拿起筷子，一只手还捧着书，眼睛还在追着书中波澜起伏的情节，当我将筷子伸进祖父的粥碗里时，他竟开心地笑了："我的大孙子成书痴了，将来准会有出息，等吃完饭，给我们讲上一段，如果讲好了，我再给你借书看。"

我正想显摆一下自己超强的记忆力，祖父这个带有奖励性的提议，我欣然接受，放下书，像著名评书表演艺术家刘兰芳那样，绘声绘色地讲起了梁永生智夺鬼子炮楼的故事，其间还辅以手势，仿佛我刚刚从硝烟弥漫的战场上走下来，在给一群新入伍的战士讲述一场惊心动魄的战斗。那会儿，我的记忆力真好，那么多人物、地名、事件，我居然记得准确无误，讲得眉飞色舞，头头是道。

"真了不得啊，一口气讲了两个多小时，一点儿磕绊也没有，以后每天晚上给我们讲一段。"祖父一脸的惊讶和欢喜。

那自然是小事一桩。从此，每天晚餐后，一大家子人便聚在十五瓦的白炽灯下，听我讲从快翻烂的旧书上读到的引人入胜的故事。偶有记不清的情节，我便充分发挥想象加以弥补，一些特别精彩的细节，我会添油加醋地渲染，保证讲述连贯而生动。或许我的创作能力，正是从给家人讲书时培养起来的。

祖父后来又给我借来了用油纸包了封皮的《吕梁英雄传》《红日》

《红旗谱》《林海雪原》等红色经典，一眼望去，大多是染了灰尘的旧书，有的书页散失了，有的地方被烟头烫坏了，还有的用纳鞋底的麻线重新装订的，好在都还可以阅读，至于缺失页码上的内容，对照着前后情节，我靠着想象一点点地添加上去了。多年以后，在大学图书馆里，看到同样被翻得破旧不堪的那些名著，我不禁感慨：原来，许多好书都是被人们接连不断地翻旧的。

初三那年，学校一间装满杂物的屋子要收拾出来，给新分来的老师当宿舍，我和几个同学被班主任叫去帮忙，在往外清理那些破桌子、烂凳子、扫帚、铁桶、废报纸等杂物时，居然看到两捆旧杂志，我和同学如获至宝，几个人悄悄一商量，没报告班主任，便将其瓜分了。我分得五本《大众电影》和八本《北方文学》。虽说杂志上面已落满灰尘，有两本还有虫子咬的洞，但我第一次拥有了属于自己的杂志。很遗憾，后来多次搬家，那些杂志都遗失了，我还清晰地记得其中的两本《大众电影》封面人物分别是影星丛珊和陈冲。

在县城读高中时，结识了摆旧书摊的老田。他孤身一人，每天守着一个了无生气的旧书摊，仿佛早已置身世外，只顾埋头于那些泛黄的老旧书籍里，对红尘里的人和事漠不关心。

我看中了那本《浮生六记》，一问价格，居然是标价的两倍，便困惑不解："怎么这旧书比新书的价格还贵？"

他不解释，反问我："你买一本比这还便宜的新书给我看看？"

我跑过县城大大小小的书店，根本就见不到那本书的影子，便默认他高价出售旧书是有道理的。等跟他混熟了，他便邀我去他郊外的住所——两间简陋无比的土坯房，简直就是一个堆满旧书的仓库，床上床下，桌上桌下，杂乱无章地堆放的几乎全是旧书。他随手从地上抓起一本递给我，是 1946 年山河图书公司出版的张爱玲的《传奇》，薄薄的小册子，有着旧绸缎的凉，还散着一丝特别的霉味。

感谢老田引领我早早地认识了张爱玲，而后是苏青、胡兰成、沈从文、秦瘦鸥、周作人等一大批民国时期的作家，那些旧书像被突然打开的百宝箱，闪着让我惊喜不已的金光，映亮了我的青春时光。当我的同学们正紧张地备战高考之时，我却几乎每个周末都去找老田，或与他一同守着旧书摊，一人捧一本旧书，忘乎所以地沉浸其中，或一同对某本书品评一番。若是逢阴天下雨，就更美妙了，我俩会像两只仓鼠一样坐拥书堆，贪婪地啃噬着那些旧书。有的是囫囵吞枣地浏览，有的是一知半解地扫描，有的则是逐字逐句地细细咀嚼。看到那本上海北新书局 1929 年版的周作人的《永日集》，毛边本，封面上有一帧很小的浅墨蓝色木刻，很有古希腊的庄穆之风，恍然想起在老田的书摊上读过周作人翻译的《希腊的神与英雄》，那位不知名的封面设计者，真是作家的知音啊。

再后来，我养成了每到一座城市喜欢找旧书摊逛逛的习惯，偶有发现，便喜不自禁。即便没淘到什么宝贝，也没有失落感。后来，有了网上书店，就常常点开孔夫子旧书网，见到某些珍本旧书，我会毫不犹豫地下单，因为此前因价格而犹豫，我一度错过了好几本好书。于是，心中暗记：只要是看好的旧书，就赶紧拿下，不问贵贱。

当然，几十年来购买的万余册新书，许多如今也已变旧。

不变的是旧习惯，案头、床边、卫生间里，随处都散放一些书籍，随手拿起一本就可以翻上几页，新书旧书不计较，厚书薄书不在意，喜欢的就读，不喜欢的就暂时扔一旁。不设目标，不求功利，只是像一个热爱行走的旅者，在书籍搭建的世界里随意走走，自然而轻松。

记得年轻时曾踌躇满志，欲读尽天下名著，想知晓世间万千奥秘，梦想能够写出有"轰动效应"的作品。如今，很多理想已随风而逝，一双安分的脚落到了泥地上，我已心知肚明：即使穷尽一生，我所能读的书籍也不过是沧海一粟，我所能够明白的道理也只是微乎其微。就像一本旧书，所承载的，有时也只不过是一段仓促的光阴，沉淀到血液里的，也仅仅是一些变幻的风云。

我知道，有些所谓的旧书，一直在我生命深处新鲜着，如一丛丛枯草，只等一缕春风吹起，瞬间便可葱茏一大片原野。

一些写在流水上的文字，还在恣意地流淌着，一如某些美好的情怀，依然闪着年轻的光泽。随手翻开一本旧书，不仅能读到曾经的模样，还能读出未来的容颜，重重叠叠，兜兜转转，旧书仍会出其不意地给我一些惊喜。

有时，眼见并不为实

那年秋天，十四岁的我，独自去山里采榛子。附近几座小山上的榛子，早已被人们采光了，转悠了大半个上午，我依然收获寥寥。不想空手而归，我一股劲儿往前走，翻过一道道山梁，穿过一块块荒草甸子，我来到人迹罕至的一座山谷，找到一大片榛子树，那上面结满了硕大的榛子，我欢喜地一通采摘，很快就采了一大袋子。

背起袋子，要往家里走，我忽然感觉双腿有些沉重，但不能过多地歇息，必须抓紧时间赶路，因为天色已暗下来了。

还好，我没有迷路，一轮明月升起时，我看到山下村子里升腾的炊烟。

一时兴奋，我没留意脚下，被一个草环猛地绊了一下，突然一个趔趄，我重重地摔倒了，手被锋利的荆棘划了两个口子，疼得我坐地上龇牙咧嘴。

挪动着像灌满铅的双腿，终于迈进了家门，我几乎累瘫了。母亲赶紧帮我摘掉裤角上沾着的苍耳，又拿过针线帮我缝补被树枝刮破的袖口。

我得意地将满满一袋榛子倒出来，母亲立刻批评道："这么大了，做事还毛毛躁躁的，你也没好好看一下，你背回来的榛子有仁儿吗？"

"怎么会没有仁儿呢？"我立刻砸开一颗榛子，奇怪啊，里面竟然是空的，再砸一颗依然如此，我不甘心，继续不停地砸。地上只有一大堆空壳，没砸出一粒榛子仁儿。

"怎么会是这样？"我沮丧至极，辛辛苦苦背回家的，居然是一堆无仁儿的榛子，母亲居然一眼便看出了其徒有其表，我却毫不知情。

"在看到那一大片没人采的榛子时，你肯定是光顾着高兴了，忘了先砸开一颗，仔细查看一下里面是否有榛子仁儿。要知道，眼睛有时也会欺骗自己的，你也没有想一想，为什么那么一大片榛子没人采？难道真的是别人都没看到吗？这里面会不会有问题呢？你只相信了眼睛看到的，忘记了动脑思考，就难免会收获遗憾了。"母亲的分析非常准确。

读大三时，在中文系上选修课《说文解字》，老教授在讲解"盲"字时，很自然地联系到"忘"字，开导我们：目亡为"盲"，心亡为"忘"，有时候我们看东西，不单单要靠眼睛，还要靠心。有心之人纵然有时眼睛看不到，心也能看得清清楚楚；无心之人有时眼睛所看到的，也可能是蒙骗自己的假象。

刚毕业那会儿，我在一所中学当语文老师，认真授业解惑，业余时间写写诗歌，日子过得挺充实的。本市刚创办的一家晨报，要招聘十名业余通讯员，经不住校友小刘的怂恿，我跟他一起报名应聘。面试官是晨报新闻部陈主任，据说文笔非常了得，办事干脆利落。

那天，参加应聘面试者排号，逐一走进陈主任的办公室，跟他面谈十分钟左右，便回去等通知。排在我前面的小郝是个帅气的小伙子，毕业于北京一所名牌大学，他手里拿着一本书，据说是读大学时出版的。他踌躇满志地走进去，十分钟过去了，没出来，二十分钟过去了，还没出来，直到二十五分钟后，他才出来，陈主任居然送他到门口，还关切地问是否需要找车送他回去。

我和小刘四目一对，心里共同的感受：小郝的优秀，肯定受到了陈主任的欣赏。

坐到陈主任面前，我留意到桌上有一杯水，显然是刚才给小郝倒的，他却没给我倒一杯水。陈主任只问了我几个简单的问题，七八分钟后，便让我叫下一位进来，他甚至没站起身来。小刘也只跟他谈了五六分钟，就出来了，他也没享受到倒水、送至门口这样的礼遇。

出了报社的大门，我和小刘彼此安慰一下：估计没戏了，该干吗干吗去吧。

一周后，招聘公示名单出来了，我和小刘赫然在列，小郝的名字却不在其中，我和小刘都惊讶不已。

后来，与陈主任熟悉了，一次闲聊时，提及小郝没被录用的事，陈主任轻描淡写道："那个小伙子，确实挺聪明的，但喜欢夸夸其谈，坐不住板凳，不适合搞新闻……"

事实证明，陈主任看人真准，他选聘的那批通讯员，有好几个像小刘一样后来都成了大报的名记者。我后来虽然没从事新闻工作，也成了小有名气的作家。听说小郝这些年频频调换工作，事业始终平平淡淡。

很多时候，我们总以为自己的眼睛是靠得住的，殊不知有时"眼见并不为实"，受某些假象迷惑而做出错误判断，也会时有发生。所以，与其期望拥有一双慧眼，不如拥有一颗慧心，置身于纷繁的世事之中，一颗聪慧的心会帮我们看到某些生活的真谛。

爱上诗歌的青春

那时可真是年轻。十六岁的青葱少年，偶然听到广播里播放纪宇的朗诵诗《风流歌》，那些慷慨激昂、催人奋进的诗句，那声情并茂的朗诵，那烘云托月的配乐，一下子就扣动了我的心弦，我立刻坠入一个美妙无比的诗意天地，心潮澎湃，想象飞舞，整个人都被诗歌点燃了，蓦然觉得：今生应该努力成为一名诗人，要用优美的语言，传递心中丰富的情思。

彼时，我正在密山一中读高一，原本数理化成绩优秀的我，在很多老师和同学的惊讶中，毅然地放弃了自己擅长的理科，坚定地选择了文科，只为了心中那个单纯的愿望——我也要写出漂亮的诗歌。

　　我向教语文的班主任孙老师请教，要想写出满意的诗歌，我应该朝哪个方向努力，该如何努力。孙老师建议我，先不要着急写诗，要沉下心来，多读一些古今中外的诗歌名著，读些优秀的诗篇，让我多熏陶熏陶，他还为我推荐了一些经典诗人的代表作，指导我好好品鉴。

　　说起来惭愧，我这个来自乡野的农家子弟，此前读过的诗歌屈指可数，听从孙老师的建议，我像某位名作家所感慨的"如饥饿的人扑向了面包"那样，捧着从学校图书馆和县图书馆借来的一本本诗集，如饥似渴地猛读起来。自习课上读，午间休息时读，周末读，晚上睡觉前读，读得那般投入，好像中了蛊似的，魂儿都被诗歌掠走了。

　　透过那些美丽的诗篇，我读出了那么多的山河变换，读出了那么多的人间悲喜，读出了那么多的人生况味，越读越觉得诗歌的神奇美妙，越读越不可救药地迷恋上了诗歌。

　　如痴如醉地阅读了一段时间，我的诗情也被点燃了，我开始尝试诗歌写作，很认真地遣词造句，创设情境。一首诗写毕，又反复推敲，一改再改，直到自己满意了，才读给同桌听。同桌夸赞了两句，我便欣欣然地拿给更多的同学看。

　　也许真应了那句俗语——"少年情怀总是诗"，彼时的我那些诗意的欢喜和莫名的忧伤，如三春的绿草，就那样不可遏制地生长起来，葳蕤起来。于是，当众多同学都在埋头苦读书、积极备战高考之时，我却诗情勃发，用诗歌抒写青春岁月的欢乐与忧伤，一行行饱含真情的诗句，幼稚而不失真诚，简单而又有所蕴藉，还有些刻意的润饰，还有些认真的雕琢，不时闪现的敏锐的感觉，灵动的想象，突发的感悟……为我最初的诗歌习作赢得了不少同学的赞许，孙老师也夸赞了两次。受到了鼓舞，我有些飘飘然了，天真地以为自己终有一天会成为赢得更多掌声的诗人。

高二那年春天，班级组织了高中唯一的一次春游，乘车去游览美丽的兴凯湖。面对波光浩渺的湖水、柔软的沙滩和湖堤上郁郁葱葱的绿树，我诗情勃发，当即模仿自己崇拜的诗人郭小川的《祝酒歌》，写出一首充满青春激情的朗诵诗，在同学们的簇拥下，我饱含真情地朗读了那首诗《青春的行板》，感动了自己，也感动了同学们。多年以后，高中同窗聚会，忆起当年春游的情景，仍有同学记得当年我朗读诗歌时的风采，甚至记得我那被湖风吹乱的头发和忘情的手势……

天真的年纪，遇见纯净的诗歌，应该是青春岁月中的一件非常美妙的事情。

犹记得，在县城图书馆，翻开刚到的一期《诗刊》，读到几首喜爱的诗，我简直如杜甫所言"漫卷诗书喜欲狂"了。我准备了三个诗歌摘抄本，每每读到喜欢的作品，就立刻一字不落地抄录下来，以备随时拿出来阅读。有时，读着读着，脑海闪出一星诗的火花，产生了不可遏制的写作冲动，我便马上铺开稿纸，全神贯注地抒写心中蓬勃的诗情诗意……

　　很快，我的诗歌习作便积攒到了近白首。我不再满足于自我欣赏，不再满足于我的诗歌手稿只在几个好朋友中间传阅，我希望更多的读者能够读到我的诗，于是，我开始向报刊投寄诗稿，渴望那些分行的文字早日变成飘着墨香的铅字。

　　只是，我的那些满怀期望的投稿，除了很多次泥牛入海，杳无回音，便是冷冰冰的统一打印的退稿信，其内容千篇一律："感谢您的投稿,您的作品未达到我刊用稿要求,不拟发表,欢迎继续支持。"一次又一次，接二连三的打击，虽说也有不小的挫败感，但没有浇灭我心头燃烧的诗情，没有令我放弃诗歌，甚至越挫越勇，我更坚定地要与诗歌同行……

　　也许，年轻的时候，有些梦想不要急着绽开，人生的每个阶段，都有每个阶段要做的重要事情，不应随意改变努力的方向。

　　多年以后，回望那段激情澎湃地徜徉于诗的海洋的高中生活，我对当年的意气用事，有过一些反思，还曾写文章引导我的学生：在求学的宝贵时光里，爱诗、读诗、写诗、参加诗歌活动，都没有错，但千万不要像我那样沉溺于诗歌，忘记了那会儿最重要的是首先要好好读书，争取考上理想的大学，以免给自己留下人生的遗憾。

　　因为写诗，我一度冷落了课本和习题集，学习成绩直线下降。高三第一学期的期末考试，我排在了班级倒数第九名。班主任孙老师找我谈话，郑重地开导我：写诗可以是一辈子的事情，而考大学

144

的机会却是有限的，不要再任性地迷恋诗歌了，要全力以赴地备战高考。等考上大学，再好好写诗也不迟。

孙老师的一席语重心长的话，给了我很大的震动：如果高考落榜，我将回到那个偏远的山村，像很多山民那样，一辈子为生计奔波，我的诗人梦也很可能就此夭折。时间真的不多了，我必须赶紧复习功课，暂时放下我的诗人梦……有了强烈的危机意识，我真是拼了，每天只休息五个小时，起早贪黑地补此前落下的功课，摊开冷落了许久的练习册，像同学们一样扎入题海当中……

还好，一通恶补后，我考入了哈尔滨师范大学中文系，继续圆我的诗人梦。熟悉我的同学和朋友曾为我遗憾，说以我的智商和勤奋，若是高中勤奋读书，不迷恋诗歌，一定会考上一所更好的大学，人生或许会是另一番风景……对此，我一笑了之，人生没有彩排，谁的青春没有一些遗憾呢？更何况那样诗意盈怀的青春？

四年的大学生活，我依旧痴迷于读诗、写诗，甚至逃课去参加校外的诗歌朗诵会，去拜访自己仰慕的诗人，风风火火地参与各种诗歌活动，几乎将每一个日子都涂抹上了诗歌的色彩。只是，如此的痴情，我也仅仅在正规报刊发表了十多首诗，成为一名诗人的愿望仍是镜花水月，可我始终爱诗、恋诗，无怨无悔。我喜欢诗人舒婷的慨叹："写诗是一种本能，成为诗人是一种偶然。"

青春岁月早已呼啸着远去了。如今，我已陆陆续续地发表了上百首诗歌，也获过一些诗歌奖，虽然没能如愿成为一名真正的诗人，但我依然深深感谢年轻时爱上了诗歌，那些与诗歌同行的日子里，我欣赏到了那么多迷人的风光，感受到了那么多美妙的情思，懂得了这一生应该如何"诗意地栖居"……

如果没有当初对诗歌痴迷，我可能不会那么挚爱写作，更不会出版了三十多本颇受读者喜爱的美文集，不会迈入作家的行列，更不会被调入大学执教写作课。

在一个红叶飘飞的秋日，捧着我第一本诗集《只想明媚地遇见》，我心底涌起小小的激动：那些被诗歌点亮的青春时光，闪着暖意，又响亮地走来，一颗不肯老去的诗心，令我深情地抚摸着每个寻常的日子，致敬那点点滴滴浸润心灵的好时光……

第 四 辑

好时光，飘逸在一蔬一饭里

许多珍贵的东西是免费的，与其刻意
地寻觅诗意的远方，不如认真欣赏眼
前的风景，即便从寻常的一蔬一饭里，
也能咀嚼出滋味丰富的幸福。怀一腔
热爱，低下头来，谁都可以惊喜地发
现：那么多的好时光，就散落在自己
的身边，触手可及。

抱着一个大萝卜回家

深冬，暮色苍茫时分，天空飘起稀稀落落的雪花。下班经过一个不大的菜市场，在一大堆色彩斑斓的蔬菜里面，我看到几个刚刚进城的水灵灵的大萝卜，它们身体健康，精神抖擞地站在那里，正等待欣赏的人们随意挑选。

如同看到了故乡山冈上翘首眺望的亲人，我赶紧奔过去，抚摸着它们沾着泥土的肌肤，与它们亲切交流，从中挑选出气色最好、个头最大的一个，欢喜地抱在怀里，像一个凯旋者抱着一大捧鲜花，不急不慢地穿过密集的车流人流，去转乘地铁。

不少行人忍不住侧身望向我，惊讶我这个戴眼镜、穿名牌羽绒服的书生，居然像一个勤俭持家的主妇，炫耀似的抱着一个价格特别便宜的大萝卜，走在冬日飘雪的大街上，是有点儿幽默，有点儿滑稽。可我没有丝毫的羞赧，始终昂着头，气定神闲，一如怀中敦厚的大萝卜。

路上，我遇见已退休多年的大学老师王教授，身体硬朗的她手里拎着两袋刚从商场买的酸菜。看到我怀里抱着的大萝卜，她笑呵呵地说："冬吃萝卜夏吃姜，不用医生开药方。真不错，你也学会养生了。"

我点点头："还是喜欢小时候的味道，不管生活怎么变化，也改不了曾经的至爱。"

"有些习惯不改也好，喜欢萝卜朴素的本色，做人做事差不了，日子也一定过得有滋有味。"王教授的话里流露着些许诗意。

还记得我读大学的时候，王教授一家人口众多，她的工资又不高，农村的穷亲戚们还经常光临。为此，她在自家的小院里，挖了一个很大的菜窖，每年都要储备几百斤白菜、几百斤土豆、几百斤萝卜和胡萝卜，她说那些廉价而耐储存的秋菜，足足可以吃上大半年，可以撑过黑龙江漫长的冬季。

大三那年深秋的一个周日，我和几个同学帮王教授往菜窖里放秋菜。休息时，她端来一大盘切好的红心萝卜，又端来一盘切成花的白心萝卜，热情地招呼我们："同学们快过来，尝尝秋天最便宜的水果。"

我们坐在暖暖的秋阳里，欢快地咀嚼着脆生生、甜丝丝的萝卜，聊着青春岁月里开心的事。那会儿，似乎一点儿也没有感觉日子的清苦，心里满是知足的感恩和纯真的憧憬。

正值下班晚高峰，地铁里特别拥挤，我紧紧地抱着我的大萝卜，生怕被人抢走似的。突然，一个三四岁的小男孩兴奋地喊起来："奶奶，红萝卜！小白兔爱吃萝卜爱吃菜，蹦蹦跳跳真可爱。"熟悉的儿歌，将更多的目光聚到我的身上，我冲着小男孩笑笑："好棒！叔叔今天也要做一个爱吃萝卜的小白兔。"

我的老家属于丘陵地带，几乎家家都要种一些萝卜。据老辈人讲，萝卜是很会挑人的——性子急躁的，种出的萝卜辛辣；性子慢的，种出的萝卜个头小；爱占小便宜的，种出的萝卜形状难看；心眼儿不好使的，种出的萝卜不脆生……在村子里德高望重的祖父，种出的萝卜总是第一流的。每当到了种萝卜的季节，祖父便会被村里人争相请过去，帮忙撒下萝卜籽。

能有幸被左邻右舍邀请去帮着种萝卜，那是一辈子连县城都没去过的祖父十分自豪的一项荣誉，也是一件令我羡慕不已的美事。

随处可见的普通的萝卜，是一种蔬菜，也可以当作一种水果，还是上好的保健品。在乡村贫苦的那些年月里，到一农户家里做客，主人会端上一盘切好的绿皮萝卜，把最脆、最甜的一块递到客人手上。虽说如今乡村早已富裕起来，但很多农村人仍相信"萝卜营养赛人参"的俗语，认定萝卜能够清肺止咳、生津止喘，仍喜欢将其当作水果吃，一年四季，不离不弃。

去年春节前夕，我回到阔别已久的故乡。年过七旬的二叔，特意下到菜窖里，为我取来储藏得十分水灵的萝卜，看着我"嘎吱嘎吱"地吃得津津有味，他得意地告诉我，他现在种的萝卜，已经超越祖父了，很多人都说比苹果还好吃呢。他自制的萝卜罐头，是乡村集市上的抢手货。他腌制的酸辣萝卜条，简直是"小菜一绝"，许多吃过各种大餐的人都赞不绝口。

萝卜，绝对称得上食材界谦卑而随和的君子，几乎可以与其他任何食材搭配在一起，既能够明显地提升其他食材的味道，又能始终保持自己独特、鲜明的味道。譬如，萝卜炖牛肉、萝卜炖羊肉、萝卜氽肉丸子、萝卜炖豆腐、萝卜炖粉条……许多与萝卜愉快合作的菜肴，或"高大上"，或质朴无华，都一律地接地气，又都不失某种文化气质，老少皆宜，中外均喜。

一位曾经历过起起伏伏、人生坎坷的老诗人，讲过一件特别难忘的小事：在那段最难熬的灰暗日子里，他绝望得一度准备放弃生命，但不经意间一抬头，他看见墙角有一个被遗忘许久的干巴巴的萝卜，它默默地坚忍，陡然驱散了他心头厚重的阴霾——屋外山寒水瘦，屋内阳光稀薄，没有一点儿泥土，也没人照料，它居然悄无声息地生出两片翠绿的叶子，旁若无人地追赶着自己的又一个春天……仿佛尘世间那些所谓的艰难，都不过是生命行程上的一道山梁，翻过去就是了。

走出地铁出口，扑面而来的雪花似乎温柔了许多，脚下有些打滑，我小心翼翼地抱着心爱的大萝卜，胸口竟多了一份温暖，脚步轻盈地朝灯火通明的那个小区走去。

菜园里长满了小幸福

一辈子闲不住的父亲，离开乡村，进了城，还恋着种菜。他执意在城郊买房，因为他考察过了，离他相中的那栋楼不远处，毗邻牡丹江的一片沟沟坎坎的荒地，有人开垦成了菜园，一小块一小块的，他也想开垦出一块种菜。

拗不过他，便为他买来镰刀、铁锹、镐头等农具，由着他折腾。我提醒他，种菜只是一种休闲方式，不可累着。他呵呵地笑着：那是当然，一想到搬进城里来了，还能吃到自己亲手种的菜，这心里就美着呢，似乎有使不完的力气。

紧临着别人的菜园，父亲选中一块荒地，要将其变成一个小菜园，难度还是不小的。但他不怕辛苦，竟信心十足地干了起来：先拣走一块块散落的石头，用镰刀齐根割掉那些倒伏的荒草，然后一锹一锹地翻地、平地，又买来两车鸡粪撒丌，再用镐头起出笔直的垄台，六七十平方米的小菜园，便开辟出来了。看着一个多月的劳动成果，父亲笑眯眯的，仿佛中了奖似的。

还没到种菜的时节，父亲便开始忙碌起来，他买来几个花盆，在里面撒下菜籽，放到阳台上育苗。没过几天，茄子苗、辣椒苗、柿子苗便长了出来。瞧着那些嫩嫩的幼苗，父亲得意地告诉我，自己育的苗，成活率高，还能早点儿吃到菜。

天气暖和了，父亲将早就准备好的菜籽播种下去，将育好的秧苗一一地移栽到菜园里。接着，他便天天都去菜园里，松土、浇水、除草、捉虫，兴致勃勃，悉心照料，毫不懈怠。他还用石子砌了一条浅浅的排水沟，防止雨水淤积到菜园里。父亲多年前就跟我说过，土地是很懂得报恩的，你善待它，它就善待你。

很快，父亲就陆陆续续地吃到了自己亲手种的韭菜、菠菜、生菜、黄瓜、茄子、辣椒……父亲将刚摘下来的新鲜菜，给我送来，告诉我：这些纯绿色的蔬菜，吃着放心，还省去花销，不用到菜市场浪费时间……语气里，满满的都是兴奋。

没多久，和父亲同住一栋楼的邻居们，也分享到了他的劳动成果，每每看到他送左邻一把小葱、送右邻几根黄瓜，听着大家由衷的感谢，父亲嘴上说着"都是自家种的，不值钱的东西，喜欢就好"，心里美美的，因为他种的菜受到了夸奖和欢迎。

　　我的一个好朋友，偶尔在父亲跟前提了一句"喜欢吃绿色蔬菜"，父亲便牢牢地记住了。那天，他摘了一大筐新鲜的蔬菜，转换了两次公交车，亲自送菜到朋友的单位。朋友不好意思地跟我说，太辛苦老人家了，让我告诉父亲千万不要再去送菜了，他想吃了，会开车到菜园里自己摘。我安慰朋友：我父亲种菜主要是赚快乐，他去送菜开心，我们就不要拒绝他了。

　　与父亲一起搭伴种菜的八十五岁的邻居，被儿子接到北京养老了。临走前，邻居见父亲菜种得好，还乐善好施，就把自己开垦的一小块沙土地送给父亲，让父亲种花生和地瓜。父亲愉快地接受了。到了秋天，收获了一大堆花生，父亲给北京的老邻居邮去了一大口袋，他说第一次种花生，收成就挺好的，心里真是美滋滋的。

　　最后一垄萝卜收完了，热闹了春夏秋三个季节的小菜园安静下来，父亲还时常跑到菜园里，他不嫌麻烦，非要把菜地重新翻一遍，疏松一下土壤。他说一天干一点儿，也不觉得累，就当锻炼身体了。他还说，侍弄菜园是上瘾的，一想到来年还能吃上自己种的菜，就像小时候盼望过年一样，有盼头的日子，是开心的。

　　就这样，父亲守着自己的一方小菜园，一年又一年，忙忙碌碌，挺充实，也挺幸福。

　　那天，给父亲庆祝七十五周岁生日，我建议他好好歇息一下，明年不要再种菜了，父亲立刻反对："那可不行，种菜就是种幸福呢，咱是一个小老百姓，就该享受一些小幸福，种的日子里，哪一天都能碰到幸福呢……"

听了父亲那很有意思的理由，看着他坚定的神态，再回想这些年来他幸福的种菜时光，我知道自己的建议是不会被父亲采纳的，索性让他欢喜地种他的小菜园好了，只是我要多回来陪陪他，陪他种菜，陪他一起遇见平凡时光里的一个又一个的小幸福……

好日子，就在一蔬一饭里

一位职场丽人，精明、干练、业绩突出，短短几年间，便从一名普通职员晋升为公司高管。记者在采访中，问她工作之余喜欢做什么，她不假思索地回答："做饭。"

看到记者一脸的愕然，她坦然："真的，做饭是一件很幸福的事，我特别喜欢。"

问她拿手的一道菜是什么，她笑着回答——小白菜肉汤。随即，她饶有兴致地讲解具体的操作流程：一定要自己去大型超市，精选最新鲜的猪脊骨，洗净，焯水，置于铁锅中，小火慢慢地煮，煮好了，挑出骨棒，留少许的肉，在熬了数小时的脊骨汤内，加入一些嫩嫩的小白菜，敞开锅盖，大火加工三分钟。出锅前，撒一点儿香菜和小香葱，味道鲜美的肉汤就做好了。盛一碗香气缭绕的汤，配一碗白津津的米饭，再佐以一碟酸黄瓜，或老醋萝卜皮，便是一顿可口的家常简餐。

经常出入高档饭店的她，早已腻了那些奢华的山珍海味，更愿意选用一些寻常的食材，做一些可口的饭菜，一家人围拢在一起，边吃边聊，其乐融融。

光阴，就那样静静地流淌在那欢喜的一炊一饮之中，触手可及，活色生鲜。

记得小时候，住在乡下，家里人口多，日子过得紧巴巴的，细粮很少，平素吃得最多的，便是高粱米饭，或苞米面饼，或苞米面粥。母亲似乎是天生的烹饪高手，单单是乡村寻常的苞米面粥，她也能魔术师般地变换出不少的花样。她不满足于像一般的家庭主妇那样，在熬苞米面粥时，随手加一点儿碱，让粥熬得黏稠一些，她还无师自通，尝试着在粥里加入各种各样的配料。比如，有时在粥里加几片红薯，有时加两块南瓜，有时在粥里加一些芹菜叶，有时则加几粒先煮好的黄豆，有时加一把榆树钱……就地取材，信手拈来，好像很多东西都是可以做苞米面粥的朋友，都可以与粥为伍。母亲说，粥也不喜欢单调，得让它热闹起来。

热闹，多惹人喜爱的一个词啊，人间烟火味中飘逸着无尽的喜庆，让贫困凋零，让希望绽开。那一锅热气腾腾的滚沸的粥，原本极为寻常，但有了母亲慧心的调配，立刻便添了精神，多了生动、活泼的气象，似乎那些窘迫的日子，也陡然增添了些许迷人的亮色。

周末，前去拜访一位研究古典文学的著名学者，聊起东汉文学的风骨问题，两人你一言我一语，有赞许，有质疑，也有争论，相谈甚欢，思想的火花不时地碰撞，颇有些邂逅知音的感觉。

时间过得真是快，聊着聊着，就到了吃午饭的时候。我意兴未尽地提议，请学者去附近一家新开的饭店，边吃边聊。学者摇头："饭店的菜没意思，还是在家里做吧，我这里有现成的食材，可以给你露一手我拿手的京味凉拌菜。"

我有些不好意思了："我是来向您请教问题的，还要麻烦您亲自下厨。"

"一点儿也不麻烦，再说了，这拌菜里面，也有文学呢。"学者挽起袖子，系上围裙，有模有样地操作起来，我跟过去给他打下手。

令我惊讶不已的是，学者的厨房面积很大，各类厨具琳琅满目，一些很现代化的厨具，我居然第一次见到。譬如，意大利产的高档厨师机、日本产的第五代破壁机、荷兰产的最新款的料理机，还有德国进口的克鲁伯咖啡机。

见我一脸的愕然，学者笑道："有时，要做出好的饭菜，需要有好的厨具，这些先进的厨具，都是好的帮手，用起来方便、快捷，更重要的是，单是看着就很养眼，能愉悦心情，有了好心情，做的饭菜味道自然不会差了。"

学者这一番特别的美食经，让我大开眼界。细品他精心制作的凉拌菜，果然有说不出的美妙，虽然用料普通，也没用什么特别的手法。真没想到，学问做得那么好的学者，竟然还是一位有品位的美食家，懂得品鉴，也懂得制作。

学者坦言，热爱厨房，是小时候受父母熏陶的，他记忆中的父母，似乎每天都在琢磨着吃什么或怎么吃，是"民以食为天"最好的践行者。他的妻子是音乐学院的教授，也很讲究饮食。两人在一起时，无论在家里还是外出旅游，很关心的一个重要话题便是美食。遗憾的是，妻子在一次车祸中猝然离去五年多了。如今，他孤身一人，一日三餐，仍像做学问一样认真对待，绝不将就。

我由衷地赞叹：原来，喜欢在厨房里施展才艺，也有助于做好学问啊。

学者孩子气地笑笑，透露给我一个关于他招收研究生的小秘密：面试时，在问过相关的学术方面的问题后，他还会问一个附加题——会做几道拿得出手的菜？他认为一个喜欢做饭做菜的年轻人，肯定是一个有生活情趣的人，生活有情趣，做学问自然不会死板。

我不由得联想到在不同领域里均有所建树的几位名流，霍然发现：学者这一妙论，的确是有现实依据的。

元旦前夕，原计划一个人回乡下老家，打电话给母亲，问需要带什么东西。母亲说，将媳妇和上大学的孩子都带回来，一家人围着一张大桌子，开开心心的，吃什么都幸福。

心头不禁一颤：原来，自己一直忙忙碌碌，辛苦寻觅的好日子，就藏在日常的一蔬一饭里。无论独自时，还是与家人在一起，能够兴致勃勃地做饭，津津有味地吃饭，便是在拥抱一段又一段的好时光。

我自倾杯，君且随意

我不擅饮酒，但我喜欢赶赴朋友组织的酒局，喜欢那种觥筹交错的氛围。

冬日，文友木子从南方来，我约了哈尔滨几位好友，挑选了一家很有东北特色的餐馆，点了一大桌菜，白酒、红酒、啤酒一起摆上，我兴奋地倡议——今夜开怀畅饮，不醉不归。

诗人老海知道我的酒量有限，见我斟满了一杯白酒，便提醒我："你今天晚上就喝这一杯，不允许你贪杯啊，我们得留一个清醒的买单。"

木子显然也是见过大阵仗的，看到转盘中央的一排酒，并未怯场，而是很豪气地爽快道："既然是走遥遥的路来见朋友，就不藏着不掖着，能喝多少就喝多少。"

真好，今晚是熟悉的文人一起喝酒，不用费太多的口舌，端起杯来，可以小口慢品，也可以大口干掉，分寸自己掌握，不攀不比，很是自由。

酒过两巡，老海要表达一下自己对远道而来的朋友的热情，端起满杯的酒，敬木子："欢迎兄弟来哈尔滨，这一杯，我干掉，兄弟可以随意。"

言毕，一仰脖，一两多白酒便一饮而尽，潇洒地翻转杯子，滴酒不剩，一脸英雄般的豪情。

"多谢兄弟盛情招待，来而不往非礼也，我也全干。"木子也是一口喝掉满杯白酒。

"好，太给力了！"赞叹声和掌声一同响起。

酒桌上立刻热闹起来，又是一轮白酒，然后是一轮红酒，接着便是一杯复一杯的啤酒，没有劝酒的，能喝的不能喝的，都争抢着喝，最实在的敬酒词就是——"我干杯，你随意"，每个人举起杯来，都真情满满，又特别善解人意，谁想怎么喝就怎么喝，不用矜持，也不用客气，更不必难为自己。

这样喝酒，挺文明，也挺开心。我看到，每个人的脸上都漾着笑，大家频频举杯，或群喝，或捉对喝，常常是一杯酒，就能引出一个愉快的话题。随着一个个话题自由地切换，每个人都喝得恰到好处，该说的说，该唱的唱，真是酒逢知己，尽可以随心所欲地把酒言欢，而又不失一份应有的理智。

曾遇见一位能饮酒的女中豪杰，人长得漂亮，还善于察言观色，她一坐到酒桌旁，秀眼只那么轻轻一扫，便立刻猜得出眼前这桌酒的主题，自己该如何敬酒，如何发言，何时该掀起高潮……她均已心知肚明。

那天，她陪公司领导见一重要客户，先是小口细水长流，礼节性地互相敬酒，待酒桌的气氛越来越放松，关键性话题引出了，她便起身，先给自己面前的杯子斟满，并顺遂在座各位的心意，一一斟酒，多是点到为止。尔后，她端起酒杯，说了几句点题的妙语，便豪气冲云天道："我一口干了，各位随意就好。"

爽爽地倾杯，眉宇里盈着妩媚的笑，满桌人皆为她鼓掌，为其好酒量和好酒品。

很自然地，一次痛快地干杯，便活跃了一场酒局愉快的氛围，客户喝得开心了，沟通顺畅了，合作的热情大涨，公司顺利地拿到了一个大订单，领导也兴奋地考虑该如何奖励女部下"我倾杯，你随意"的奇妙效果。

也曾碰见一些拼酒的情形，一桌子的人大呼小叫，你看着我，我看着你，你喝一小口，我也喝一小口，你干杯了我才干杯，差一点点，也必须补上，斤斤计较，毫不相让，每个人总想方设法地劝酒，委婉的、强硬的、智慧的、笨拙的……似乎竭力让对方多喝一些，方能显示出自己的热情。那样没完没了的劝酒，劝来劝去，酒局的确是热闹了，能喝的光忙着劝别人了，自己却没喝到尽兴，不能喝的有时盛情难却，反倒喝得面红耳赤，东倒西歪。

有时，碰到不擅喝酒又固执地不肯多喝的，劝酒者一番热情碰了壁，不免会有些失落，个别人还可能误会被劝者"不给自己面子"，弄得彼此都挺尴尬的，甚至闹得不欢而散。

其实，有缘坐到一起喝酒，便是人生的一件幸事。可以热热闹闹地推杯换盏，可以像歌曲《鸿雁》中所唱的那样："酒喝干，再斟满，今夜不醉不还。"但一定要量力而行，不贪杯，也不力劝他人。不妨欢喜地举杯，潇洒地与对方碰杯："我自倾杯，君且随意。"

一个电闪雷鸣的夏夜，一位大学同窗突然打来电话，要我马上赶到他家里喝酒，电话里面就感觉到了一股酒意，猜想平素极少喝酒的他，一定遇到了不顺心的事了，肯定是家中独自借酒浇愁了。

匆匆打车赶来，同窗两眼通红地给我开门，桌上的一瓶红酒已喝掉了大半，另一瓶也已开启。他给我倒了一杯，跟我一碰，一口便是一杯，我劝他："红酒不是这样喝的，要慢慢地品。"

他摇头："不要管我，你只管看着我喝就行。"

他一杯又一杯，我拦也拦不住，索性让他拼一醉。"酒酣胸胆尚开张"，他流着泪向我倾诉这几年里遭遇的一件件不顺心的事，那些不如意淤积得太久了，他需要淋漓地宣泄一下。而我，今夜是他唯一忠实的听众，只需默默地倾听，偶尔抿一口红酒，点点头。其实，聪明的他，根本不需要我任何的劝慰。

　　他倾诉完了，醉倒了，我扶他躺到床上，坐在旁边，看着他泪痕满面的酣眠，我不禁暗自喟叹：奔波于滚滚红尘中，谁的心里没有一些隐伤呢？不曾在深夜里哭泣过的人，或许真的不足以谈人生。

　　同窗是可爱的，他无声地告诉我：他醉他的，他倾诉他的，醉过再醒来，该干什么就去干什么，昨日的不愉快且随风而去。而我，只需做一个安静的倾听者，一个举杯且随意的陪伴者，无须他醉我也醉。

　　其实，不只是在酒桌上，在人生的江湖里，我们都应该多一些"我自倾杯，君且随意"，让自己活得更率真一些，更洒脱一些，一如花开烂漫与叶落缤纷，皆是悠然。

闲看门前景色

第一次读到顾城的小诗《门前》，便不可救药地喜欢上了。

漂泊在人生的江湖里，载沉载浮了五十年，一颗被俗世的尘烟熏染的老心，已对许多大事件失去了关注的兴致，很多人津津乐道的网络话题也无法在心头激起波澜了，一些赚得不少人眼泪噼里啪啦的电视剧，竟然连看下去的耐心也没了，更不要说是被感动了。

友人说，我的心理年龄增速加快，已患上了"感动迟钝症"。我不以为然，反驳他：并非如此，我的心依然柔软，也会在某一时刻，被某一个很寻常的物件，或某一个细小的场景，蓦然拨动心弦，眼角不知不觉间便是一阵灼热。

在一个黄叶纷飞的秋日，我带着两本刚出版的书，去拜访一位

老诗人。没想到，得知我将要到来，已八十六岁的老诗人，早早地伏在阳台上，朝巷口那条小路一望再望，还激动得摇着轮椅，在屋子里来来回回地转圈。他让保姆将房门虚掩着，以便能听到我上楼的脚步声。

一想到行动不便的他，坐在门口张望时如孩子般的认真，我立刻被一种久违的感动击中了，陡然想起一位酷爱书法的同事赠我的一幅字，上面书写的正是《门前》里的句子：

我多么希望，有一个门口

早晨，阳光照在草上

我们站着

扶着自己的门扇

门很低，但太阳是明亮的

草在结它的种子

风在摇它的叶子

我们站着，不说话

就十分美好

那是优美的行书，美妙的诗句，闪着明媚的光泽，捧在手上，我仿佛看到了同事正伫立在无名的小河边，望着清凌凌的河水，带着几枚花瓣悠然地朝远方走去。甚至，我看到了春风吹动他的衣袖，一只淘气的蜻蜓落在他自编的草帽上，一副"一生看花相思老"的优雅。

我穿过窄窄的小巷，爬过外置的老旧楼梯，站到老诗人家的门口时，他已在那里恭候我多时。四目一对，相互微笑，立刻省略了千言万语，仿佛彼此早已是熟稔的老朋友了。

其实，因我此前主编的一本诗集，要选入老诗人的几首诗，我们只是通过几次电话，主要是商定选他的哪些诗。

老诗人告诉我，他的妻子去世多年了，自从双腿失去了行走能力后，他几乎不下楼了，但每天都会雷打不动地坐到窗前，闲看外面树绿树黄、人来人往，淡淡的欢喜，淡淡的忧伤，在触手可及的光阴里静默地流淌。

犹记得，那年去贺州黄姚古镇，在那个名为"一米阳光"的客栈前，邂逅了一位来自法国的金发女孩。

彼时，她正坐在一棵古老的香樟树下的一石凳上，好像坐在自家的后花园内，悠然地望着远远近近那些素朴的民宿，仿佛从一幅幅古画走出来的。云在头顶缓缓地飘，花在枝头怡然地红，草在小径的两边端然地绿。

起初，女孩拿着相机不停地拍摄，期望将那些应接不暇的美景一一收藏起来。但她很快便放弃了，因为即使拍下数万张照片，也难以记录古镇独特的风情，倒不如慢慢地走，慢慢地赏，或者干脆坐下来，像门口那位见惯了世事沧桑的阿婆那样，悠然地坐在木椅上，看着小花狗慵懒地趴在大榕树下，微眯着眼睛，任斑驳的阳光，照着不疾不徐的日子……

问法国女孩最喜欢黄姚古镇的哪些风景，女孩的回答出人意料：那些在门口闲坐的人、轻摇蒲扇的老翁、喝工夫茶的中年男子、沉迷于手机的年轻人、专注地摆弄石子的孩童……似乎每个人都有一大把可以任性挥霍的时光，闲坐门前，可以随便看看，也可以发发呆，好像没有什么需要特别关心的，只需身心俱轻地坐着、闲着，不争，不抢、不急、不躁，一如古镇千年不改的宁静、平和与从容。

早春二月，东北大平原上尚有没融化的积雪，草依然枯黄着，风里还夹着丝丝的凉。在那个藏在大山深处的小村庄，我看到了动人的景象——几只芦花鸡慢条斯理地踱到一只憨态可掬的大鹅跟前，一群麻雀在树梢上叽叽喳喳地交谈，两位老人悠然地坐在自己的小院里。午后煦暖的阳光，正一点点地渗进晾晒的棉被，棉花的香，裹住了阳光的香，那对老人惬意地闭上了眼睛，细细地嗅着那好闻的味道……

多美的民俗画啊。只是那么风烟俱净地坐着，就很美，像一本摊开的名著，目光尚未抵达，就有一些说不出的好，悄悄地涌来，亲人般地将自己紧紧抱住。

一本书，七天假

格利高里·派克和奥黛丽·赫本联袂主演的经典影片《罗马假日》中，有一句传播甚广的台词："要么读书，要么旅行，身体和心灵总有一个要在路上。"那天，我在给本科生开设的《散文写作》选修课上，与大学生们谈及读书、旅行与写作的话题，有感而发：最好的旅行，其实很简单，只需捧起一本书，身与心便都在路上了。

遇见一本书，一下子就喜欢上了，像一个人在旅途上邂逅一位心灵相通的朋友，由陌生到相知，迅速而美妙。

最近几年，我特别期盼国庆节长假，不是因为早早筹划好了一场可以说走就走的旅行，而是愿意独自宅在家里，一杯茶，一段轻音乐，将轻悠的时光拉长，或端坐写字台前，或倚靠沙发上，或干脆赖在床上，摊开一本早已选好的书，平心静气地读起来，身心俱轻地跟随那位作家，赏一路旖旎的自然风光或人文风景，走一段奇妙无比的精神之旅。

以往的国庆节长假，也曾呼朋引伴，风尘仆仆地赶往远方去看风景，可经常是"理想很丰满，现实很骨感"，火车票和机票贵且难买，能经过一番激烈地拼抢，搞到往返的车票，就谢天谢地了。也曾自驾车出行，一路上到处是拥堵不堪的长长的车流，蜗行在高速路上，车子走走停停，弄得心烦气躁。好容易挪到景区，取票排队，进景区排队，参观景点排队，拍照排队，出景区排队，还常常排那种"神龙见首不见尾"的长队，似乎辛辛苦苦地出来，看的不是风景，而是无处不在的人头攒动的拥挤，那情形，怎一个"累"字了得?

如此这般累过几次，苦过几次，便对扎堆、凑热闹的假日旅游，产生了十足的畏惧，开始自觉地抗拒，后来索性放弃了那种花钱买罪受的跟风似的旅游，再赶上国庆节休假，便不再远走他乡，只是在家附近走走转转，或者干脆足不出户，与一些可爱的书们待在一起，守一份难得的清闲，守一份情思飞扬、想象自由的好时光。

今年国庆节，陪伴我的是法国著名畅销书作家马克·李维，他用一本《偷影子的人》唤起了我美好的童年记忆，点亮了我心中小小的光芒。

窗外，那棵已经很老的柳树，依然垂着茂密的枝条，片片绿叶仍青翠得直逼人的眼睛，爬满墙壁的茑萝，在铺展开来的绿毯上缀一朵又一朵红艳艳的小花，硕大的月季花也正热热闹闹地开着，一只小花猫躺在窗台上，懒洋洋地晒着太阳……

室内，藤编的书篮里，盛放着近期买回的一批书，有两本还未拆去塑封，氤氲的玫瑰花茶，在穿窗而过的阳光里，仿佛正笼着一个曼妙无比的梦幻。端坐桌前，摊开情节生动的小说，只需跟着作家且走、且赏、且思，不知不觉间，那个会偷影子的男孩，也将我的影子悄悄地偷走了。而我，竟浑然忘我，如此惬意，好像遇见了久别的朋友。

日影西斜，茶杯微凉，我从曲折的故事情节里抽身，合上书，呆呆地闲坐，回味，遐思，身与心，皆被书中的人物牵引，被无言的欢悦占领了。

晚餐，我特意做了两道精致的小菜，倒一杯红酒，望着对面楼内稀疏的灯光，轻轻道一声"节日安好"，慢慢啜饮，平和而温润的好光景，就在身边徐徐地展开。

饭毕，点亮台灯，继续执卷慢读，一个字一个字地边读边品，不时地停下来，掩卷沉思，浮想联翩。直到夜色阑珊，倦意袭来，方恋恋不舍地放下书，倒头便睡，一夜酣眠。

从放假的第一天，到假日结束前的那个午后，整整一周，这部畅销书陪我看到了童年的影子，看到了自己一路成长的影子，还看到了影子里的苦辣酸甜，更感受到了眼前触手可及的幸福。如此落花逐水一样快意的文字之旅，简单易行，又不乏迷人的色彩。

待到再上班时，同事们一见面，便纷纷吐槽假日旅行的种种累与烦，好像每个人都有一肚子的苦水，虽然明明知道这般抱怨过后，同样的剧情明年依旧会上演。而这样的经历，我此前也曾遭遇过。

还好，今年国庆节，我选择了一杯茶、一本书，静静地赶了一段故事与情思共舞的路，赶了一段想象与思考齐飞的路，徜徉在那些文字的水色山光里，或风烟俱净，或从流飘荡，那般惬意的感觉，实在妙不可言。

一家知名旅行类期刊的编辑，约我写一篇有关假日旅游的稿子，我在电话里打趣道："这个假日，我是一位洒脱的书中行者，在书籍的江湖里，我遇见了一些可爱的人，遇到了一些有意思的事，还有一些有益的思考……"这样欣然地说着，不禁期待又一段好时光轻轻走来，让我手捧一杯淡茶，慢慢地读一本好书，任缤纷的思绪轻舞飞扬。

写作，以一颗欢喜心

认识铁梅，要感谢远在乡村的一个小学同学。

有时，遇见什么样的人，有怎样的故事，冥冥之中真的有某些说不清的缘。就像我跟那位小学同学已经三十多年杳无音信，我连她的名字都记不得了，而她不过是去串亲戚，偶尔邂逅了爱写文章的铁梅，两人谈得很畅快，她极力想帮铁梅找一个创作上的指导老师。由此，我就结识了蜂蜜山脚下的那个七峰林场的铁梅。

那天，我收到一个快递，里面除了一封写给我的信，就是厚厚的一沓儿字迹清秀的手写稿，有诗歌，有散文，还有一个短篇小说。内容挺清新的，但文笔稚嫩明显，像一个初出茅庐的文学爱好者的练笔。

读了来信，我才知晓这个叫铁梅的作者，已经六十五岁了，是一个有四个孙子和孙女的奶奶，因为孙子和孙女写不好作文，学校的老师又不能给出有效的指导，她就尝试着给孙子和孙女一些力所能及的帮助。

可是，她只断断续续地读过小学五年级，文化功底浅得一览无余，她一直生活在那个偏僻的小山村，连县城都没去过。正儿八经地拿起笔写作，是从来没有过的。

铁梅先是看了一些作文辅导类的书籍，觉得里面的一些写作方法挺好，但作文辅导书里面好的范文不多，大多是一些言之无物的"假大空"，模式化倾向特别严重，缺乏生活气息，缺乏真情实感，好像是"生硬地编造"出来的，而不是从心中"流淌"出来的。她想告诉孙子孙女：写作文就是把自己的心里话，顺畅地表达出来，可以把话写得漂亮一些，也可以写得朴实一些，重要的是动真情，有自己的真感受。

她把这些真切的想法，一一说给孙子孙女，却遭到他们一致的反对，因为她说的那些似乎有一定道理，但跟语文老师所讲的不大一样，他们按照老师的指导，花费了不少心思写的文章依然不生动，更谈不上深刻了。老师说他们的文章缺乏对生活的体验，缺少语言积累，没有文采。

怎么说服那几个小家伙呢？她想自己先尝试一下，给他们做一个示范，告诉他们：写作文，一点儿也不可怕，甚至还是一件挺好玩的事情，连自己这个几十年没动过笔的老奶奶都能写好。

她把目光投向了大半辈子生活的大山，投向了那些花草树木，那些庄稼、牲畜、无名的小河、不算高的山梁，还有那些普通山民的苦辣酸甜……这些景、物、人、事，都与她朝夕相伴，已经熟悉得不能再熟悉了，她要做的，就是用笔写出她心中真实的一些感受和想法。当然，她的第一篇习作，还是下了不少功夫，修改了好几遍，才拿出来读给家人听。儿女们都说挺好的，这让她信心大增。又一鼓作气写了几篇，拿给孙子孙女的语文老师看，老师居然也夸赞她笔下的文字"有生活，有灵气"。

孙子孙女服气了，愉快地接受她的指点，写作文再也不头疼了，还写出了好文章，被老师选作范文读给同学们听。

一天，大孙子逗她："奶奶，您都会写作了，可以当作家啊。"

"当作家？那可不成，奶奶文学功底太薄了，写点儿小文章还行，作家的梦，还是你们去圆吧。"看到自己以身作则，已收到明显的成效，她就很知足了。

也许真的像一位诗人所言："写诗是一种本能，成为诗人是一种偶然。"因为要辅导孙子孙女的作文，要给他们提供范文，铁梅被动地拿起笔来，竟然越写越上瘾，几天不写，手就发痒。慢慢地，她就攒下了一大摞习作手稿。

后来，有缘见到铁梅，坐在她简单的小屋内，慢慢翻阅她那些朴素无琢的文字，我一下子就喜欢上了，连连赞叹她写得好。

铁梅有些羞涩道："没有写作名家指点，我也不懂什么技法，只是有一颗欢喜心，跟着自己的欢喜心，想到哪里就写哪里了，有些随心所欲了。"

"有一颗欢喜心，自然会写出感动心灵的文章。您这是法而无法，贵在得法啊。"我由衷地赞许她的写作欢喜心之说。

尽管铁梅的文章写得还很清浅，但没有丝毫的矫揉造作，也没有丝毫的套路，一派天然去雕饰的自然，仿佛流过山涧的清溪，有着一目了然的清澈，轻轻一读，便叫人心生欢喜。

流水的后面还是流水

　　"整天这样忙忙碌碌，心中渴望的成功依然是镜花水月，好几次感觉实在太累了，甚至快要崩溃了，不想再拼搏了。"一位在高校就职的年轻博士，一脸倦怠向我慨叹。

　　我与他正有着相似的经历，一天天地忙着申报课题、撰写论文、填写各种表格、参加各种学术会议、课堂教学、毕业论文指导、学生社会实践检查……起早贪黑，像一个被不断抽打的陀螺，整日拼命地旋转着，却看不到多少值得欣慰的成果。

　　在酒桌上，跟朋友们发牢骚，朋友直言不讳地回怼："别抱怨了，谁不是在疲于奔命地忙碌，你看到午夜才收摊的烤串小贩了吗？你看到凌晨四点就在马路上劳动的清洁工了吗？你知道出租车司机

179

2

为多赚几十块钱一整天忍着渴不敢多喝水吗？你知道那位企业家一个月有多少时间是在飞机上和去机场的路上？忙碌，是当下许多人的生活常态，没有不忙碌的，只有更忙碌的。"

"我是想追问如此忙碌是否值得？尤其是面对见不到多少成效的忙碌时，心里难免会有些不甘。"我也知道，抱怨不解决任何问题，自己还会被裹挟着陷入一场接一场的忙碌中。

在去大西北旅游时，我邂逅了一位知足常乐的农民，他守着几十亩薄田，养了两头耕牛，春种、夏耘、秋收、冬藏，按部就班地照料着庄稼，收成时好时坏，赶上不好的年景，还会陷入颗粒无收的窘境……我流露出对他靠天吃饭的农耕生活的同情时，那位满脸沟壑纵横的老农，竟一脸坦然道："活着，不就应该忙碌吗？心里有盼头，才会去忙碌，至于盼头最终是成真还是落空，有时并不是自己所能决定的。"他不计较得失的从容，闲云一般。

或许，忙碌正是生命的主题，一群整日忙忙碌碌的蚂蚁，根本没时间思考忙碌的意义，一只在花丛中翩然起舞的蝴蝶，也不会关心忙碌的结果。只要不被捆缚着忙碌自己十分不情愿的事情，忙碌就自有其道理，没有理由抱怨什么，更不能急功近利，不能目光短浅，想当然地以为辛苦的付出后面，跟着的一定是让自己心满意足的回报。

八十岁的祖母，在老年大学里报了三个学习班：剪纸、绘画和手工制作，每天雷打不动地去上课，比小学生还认真，从不耽误一

2

节课，甚至感冒了，身体不舒服，她也硬挺着坚持下来。一回到家里，就摊开纸墨，耐心十足地画着荷花，虽说学习绘画快两年了，画技仍没有多大的起色，她的剪纸作品也赶不上八岁的小孙女剪的，可她整天乐呵呵地忙碌着，似乎看不到有清闲的时候。

我问祖母："为何不好好享受一下属于老年人的休闲时光？"

祖母笑着反问："你看到我一天天忙碌着，不就是在享受大好的休闲时光吗？"

我哑然：原来，那些淡去了名利的忙碌，是藏着欢喜的，也是轻松愉快的。

那天，我与朋友一同翻山越岭，不辞辛苦地去大山深处，只为找到那位养蜂人，买到一罐纯正的蜂蜜。

在一条清澈的小溪边，我看到养蜂人正在自己临时居住的窝棚前，移植几株正开得热烈的芍药花，旁边还有几种说不上名字的野花，他还捡了一些石子，为那个精心修葺的花圃砌了一条排水沟，看到他满脸大汗的忙碌，我有些不解："这么辛苦地忙碌，有什么意义呢？"

"有什么意义不好说，但忙得有意思啊。"养蜂人没有停下手里的活儿，仿佛那是一件值得他用心做好的事。

我仍然不解：这里只是他暂时的栖息地，要不了多久，他就要带着蜜蜂转场到另一座山上，为一时的欢喜而忙碌，是不是有些不值得呢？

　　养蜂人指着那一条蜿蜒着朝远方奔流的小溪："你看，这些流水流过去了，后面跟着的还是流水，你说那些不停歇的流水，一直忙着向前流淌，值不值得呢？"

　　流水的后面还是流水。

　　一语惊心。在那看似单调的流水后面，其实还藏着燃烧的热望、坚毅的隐忍、执着的期待……就像一些看似枯燥乏味的忙碌里，也有着许多耐人品味的欢悦，只是我们常常因为忙碌，而忘却了细细品鉴。

　　真正聪慧的人，一定懂得品味忙碌中的乐趣，咀嚼忙碌中丰富的生活真滋味。如果一时被忙碌弄晕了，对忙碌生出些许怨言，不妨看一眼那始终向前的流水吧，那不停歇地忙碌，自有生命在握的从容与快乐，简单而深邃。

在哪里都能找到幸福

一涧清溪，兀自流淌成了幸福的模样。

更远的山，缭绕的雾，稀稀落落的山村，杂草丛生的小径，三两只埋头啃食的白羊，一些高低错落的树木，几座老旧的石桥落寞地坐在那里，怀想旧时的时光，安然而拙朴。

在一株千年的大榕树下，我看到穿着休闲服的一位老者，坐在一把藤椅上，捧着一个印满沧桑的大茶缸子，微眯着眼睛，似在冥想着什么，又似乎什么都没想，只是静静地听着光阴行走的足音。

很少有人知道，他是一个有故事的将军，曾在战火纷飞的年代里出生入死，屡建功勋。当年他衣锦而归时，省里很多大领导前呼后拥，整个镇子都沸腾了，他站在幸福的中央，接受着众人由衷的羡慕与赞赏。

而今，风烟俱净，他喝着极为普通的茉莉花茶，住着老旧的房子，简衣素食，怡然自得，仿佛自己是世界上最幸福的那个人。偶尔聊起陈年旧事，他会感恩道："早些年，日子虽然过得清苦一些，但心里有改变生活的念想，有过上好日子的盼头，会从苦里寻一些乐，自然也有挺多幸福的记忆。"

前两年，事业有成的儿子在省城买了大房子，要接他过去住，他拒绝了："还是熟悉的小镇生活惬意，不喧嚷，不急促，每一朵花都开得那么从容，连一只小蚂蚁也那么清闲。"

老人家是真正懂得幸福的真谛——无论身处何方，无论尊卑，都气定神闲，静赏时光里素凡的花草树木，悠然体味寻常光景里的苦辣酸甜，不为物役，不为利惑，只以一颗平常心，面对纷繁岁月里的起与落、衰与荣、悲与喜，不悲戚，更不抱怨。

曾采访过一位哈佛大学毕业的优秀企业家，问他幸福的时刻是什么样子的，他答："熬一锅地道的瓜菜粥，做两样清淡的小菜，配上自己发面蒸的筋道的馒头，一家人围坐在一起，边吃边聊，便觉得自己是一个拥有幸福的人了。"

我追问："公司业绩突出，员工收入大涨，作为企业领导，您不感到幸福吗？"

他毫不犹豫："那当然幸福，为公司发展夙兴夜寐地忙碌，其实也挺幸福。"

我恍然大悟：原来，每次见到他皆满面春风，仿佛整个人一直被快乐簇拥着，无烦无恼，活得那般轻松洒脱，只是因为无论在艰辛打拼的途中，还是在沉甸甸的收获季节，他均懂得品味其中的幸福。

常见一位在小区内外穿梭的快递小哥，骑一台简易的电瓶车，整天乐呵呵的，好像自己是一个风光无限的大老板。其实，他的父母一直生活在偏远的乡下，身体都不大好，他在省城谋得的这份工作十分辛苦，他却十分知足地告诉我：送快递，累是自然的，但每送一单，听到主人一声"谢谢"，就感觉自己是一个有用的人，心里还是挺舒坦的，何况还有一份不错的收入。

风雪天，看到他一头大汗地爬上七楼，给客户扛上去一个大包裹，累得他在楼梯口喘着粗气，便有些心疼。他却不以为意道："咱就是干力气活的，必须舍得下苦力，再说了，人心都是肉长的，咱全心全意为客户服务，客户也会给一个好评，好评多了，客户也就多了，收入自然也就提高了。这么一想，就没什么烦恼了，都是幸福的事了。"

这样的幸福观，还是第一次听说，我真诚地为他点赞，虽说他只是繁华城市里的一个追逐温饱的小人物，却始终怀揣一颗感恩的心，在忙碌的奔波中寻觅着属于自己的触手可及的幸福，实在而简单。

父亲曾告诉过我：一朵云的幸福，也许只有风才知道。

　　我想说，一个怀着爱意在世间行走的人，无论走到哪里，都能够遇见如花的幸福。

第 五 辑

沼泽里，也有明亮的星光

春天里也有猝然的落花，意料之外的
雨雪会突然泥泞前行的道路，但不要
抱怨命运多舛，更不要自怨自艾。不
曾在深夜里哭过，不足以谈人生。懂
得欣赏沼泽地里的星光，学会自渡，
从苦楚的枝头绽放幸福的花朵，自然
会拥抱想要的生活。

自带春风

喜欢那些自带春风的人，随便走到哪里，周身上下都散发着惹人喜爱的明媚。

二月凛然的风，仍闪着透骨的凉，残雪尚未消融，衰草匍匐于地，落光叶子的树，萧瑟地立在旷野中，没有一丝绿意萌动，远山温暖的憧憬似乎也被冻住了。

心头刚有一丝落寞滋生，天空忽然飞过一只雨燕风筝，一个年过六旬的农民正抖动手里的细丝线，目光追着悠悠地升起的风筝，一颗不肯老去的心，被牵扯着跑过仍沉睡的麦田，欣欣然，带着孩童般的纯真。骤然，我的眼角有丝丝的暖，炊烟一样扑面而来。那个普通的老农，只用一个寻常的风筝，便牵来一缕春风。

在北方一个不起眼的寺庙，门柱上是一副耐人寻味的对联："律己宜带秋气，处世须带春风。"简单的联语，传递着至今仍须牢记的为人处世之道：待己不妨严格一些，待人则需多些春风般的温暖。

自带春风的人，必定是一个内心装满阳光的人，定然是一个富有生活情趣的人，懂得敲碎日常的单调，打破周遭的乏味，在那些普通的日子里，拎出些许的新奇，拈出些许的好玩，自己欣然一笑，也博别人会心一笑。如是，自剪一抹春风，慨然与君共享。

那日，前去拜访一位患了肝癌的诗人，在那间临街的小屋内，床头床脚、书柜案头，皆杂乱地摆着各种书籍，其间毫无章法地散落着一些药盒和药瓶。一见面，诗人便笑着跟我说："医生都不知道哪一种药能治好我的病，我就索性给自己开了一个药方，请这些书一起出场，没准儿还能诞生奇迹呢。"他一脸的阳光，让我立刻有了"如沐春风"的舒畅。

他自然地跟我谈起被查出疾病的突然，谈最初也有些想不开的苦闷，谈不久后越来越释然的轻松，谈他已启动的长诗创作，谈他想给父母多留一些骄傲的期望……窗台上的两个花盆里，没有栽任何的花，只植着葱绿的韭菜。见到我一脸的好奇，他呵呵地笑着："种一些韭菜，既可以当花赏，又可以不时地当美食享用，岂不是赚大了？"

我啧啧赞叹，敬佩他的洒脱，原本准备了一些安慰他的话语，瞬间全都轻飘飘地溜走了。他哪里是需要安慰的人啊？反倒是我被他安慰了一番——前一段日子，工作中的一些不如意，我心里一直疙疙瘩瘩着呢，与他一席快乐的交谈，我那些根本摆不到台面上的小烦恼，立刻被轻轻地掸落了。

深秋时节，一棵朝着苍老走去的柳树，站在干涸的河道边，裸露嶙峋的胸骨、脱落的树皮、死掉的大半个身子……怀里有一个闲置了许久的鸟窝，还在张望着远方，倾听清脆的鸟鸣，怀想枝繁叶茂的日子，想着曾经那一树耀眼的繁花。真是一棵自带春风的老树，分明已清晰地听到了谢幕的声音，仍那样端然地站立着，仿佛有徐徐的暖风，在柔情似水般地吹拂着自己，好好守着一抹夕阳，守成一道励志的风景。

一位新结识的著名书法家，要赠我一幅字，我便请他挥毫写下"自带春风"，以勉励自己：无论生活中有怎样的风霜雪雨，都要仰起头来，给自己，也给别人，送上一缕喜人的春风。

人生实苦，唯有自渡

　　一岁时，患有先天兔唇的他，被父母抛弃在一个垃圾箱边，一位拾荒者看到奄奄一息的他，动了恻隐之心，将他抱进那间废弃的厂房，从此与他相依为命，带着他四处颠沛流离。因营养不良，他长得干瘦如豆芽菜。七岁那年，拾荒老人突然病故，他再次成为孤儿，流浪街头，靠捡拾破烂、打零工维生，他从未乞讨过，更没有小偷小摸过。他始终记着拾荒老人的叮嘱："再苦的日子，也要干净地熬过去。"

　　多年以后，他成了建筑工地上特别能吃苦的力工，什么样的脏活累活，他都不挑剔，接过来乐呵呵地干好，从不吝惜力气，领班的喜欢他，工友们也喜欢他。繁重的劳动之余，他还没忘了认字，一张废报纸或一本旧书，都是他眼里的宝贝，不单单能认识一些字，还能知道许多天下事。

那天，看到他用树枝在地上写的一行字，我惊讶地问他怎么写出这么好看的字，他竟有些羞涩地告诉我，是一位退休老师教的。他相信老师说的话：每个字都是有灵性的，你真心待它，它也会真心美给你看。

我不禁连连点头，为他笃信这样别致的文字观，也为他那份令人敬佩的认真。

听说他还写了不少诗，我便好奇地想读一读，他爽快地拿出一个蓝封皮的日记本，那上面工工整整地抄录着他这些年积攒下来的一首首小诗，诗的内容庞杂，有关于花草树木的，有关于劳动生活的，有关于人生感悟的，有些稚气，有些简单，但都很阳光，几乎看不到一点儿感伤的影子。

他告诉我，他很喜欢作家刘亮程说过的一段话："落在一个人一生中的雪，我们不能全部看见，每个人都在自己的生命中，孤独地过冬。"那会儿，他将头仰向蔚蓝的天空，眼睛里有着令人感动的深邃。

落雪纷纷的冬日深夜，空阔的马路上几乎看不到一个人影了，只有偶尔驶过的一辆出租车，还在耐心地寻找着赚钱目标。她搓搓冻得通红的手，开始收拾摆在路边的茶叶蛋摊，火炉、木炭、小桌、小凳、铝盆、裹了棉被的盛鸡蛋的箱子，一一放到那台破旧的三轮车上，系一下围巾，她弯下身子，一步一滑地推动车子，在人行道上缓缓地前行。要穿过一条马路了，看到红灯亮起，她立刻站定，大口地喘着粗气，眉毛上结了寒霜，头上和身上落满了雪。

拐过两条街，她将车子推进那个破败不堪的小区，在靠里面的一个单元门前停下来，一趟趟地将车上的东西搬进租住的地下室，那是我的一位同事租给她的，租金很低，她千恩万谢地说遇到好人了。

几年前，她的丈夫患了癌症，治疗了一段时间，借来的医疗费花光了，她悄悄地卖掉了郊区的两间平房，也没能挽留住丈夫的生命，却留下一大堆外债。她还有一个瘫在床上的年过七旬的婆婆，一直靠她供养着。十四岁的女儿学习成绩不错，就是体质太差，经常生病。

我光临过她的茶叶蛋摊，生意并不景气，只能算是惨淡经营。没顾客时，她就拿起一个牡丹图案的十字绣，一针针地绣起来，那是她的兼职，一个月绣两幅作品，能赚一百块钱。

我印象最深的，是她那张有一个小酒窝的脸上，经常漾着平和的笑。她四季几乎不换的一身蓝色的工作服和两只白色套袖，始终干干净净，红色的内衣领子也十分醒目。

一天，她正笑盈盈地给我和同事装刚刚出炉的茶叶蛋，忽然接到女儿班主任的电话，说她的女儿在体育课上突然抽搐起来，已被送到市医院抢救，催她赶紧带上钱去医院。她立刻手忙脚乱地收摊，那一脸罕见的焦虑，看着叫人心疼。我不无同情地掏出刚取出来的工资，让她先拿着救急，我和同事会帮她把小摊上的东西送回家。

她忙不迭地道谢，红着脸告诉我，她家里还欠着好几万块钱的外债呢，她能拿出的现金，肯定不超过一千，她正愁着到哪里去筹借呢。

一周后，她又出来摆摊了，脸上气色看上去还不错。一问，她的女儿是低血糖的毛病又犯了，现在已无大碍。她赶紧还我钱，我一再声明自己不急用这笔钱，劝她先拿着，给女儿买点儿营养品滋补一下。她微笑着："好借好还，再借不难。"执意将钱塞到我兜里。

争不过她，我便买下一锅茶叶蛋，说带回去让亲戚朋友也尝尝她的手艺，她明白我想让她多点儿收入的心意，说我平时就挺照顾她的生意，我说那是应该的。因为她的阳光心态，驱逐了我心头许多烦恼。

听我说出这般自然而美好的理由，她便不再拒绝，细心地帮我把茶叶蛋分装成几袋。

一天，与一位好友聊起她的遭遇和心态，好友不禁感喟：人生实苦，唯有自渡。

蓦然想起雪小禅那篇精致的美文《自渡彼岸》，想起那个十七岁的青春少年，在极其寒冷的林海雪原，以血肉之躯苦撑一个月，赚钱给家盖出五间温暖的房子。就像柴静在《看见》一书中的感慨："有些笑容背后是紧咬牙关的灵魂。"身陷苦海，最好的修行，便是仰起头来，一步一步地朝前跋涉，勇于自渡，方能将生命中的苦楚远远地抛到身后。

春天，美丽的花瓣也会猝然飘落

一个寻常的春日午后，我收到诗友松子发来的一条短信：欣悦走了，今天上午十点。

这骤然而至的噩耗，令我愕然不已："怎么会？怎么会？"

此刻，窗外正是姹紫嫣红，万物葳蕤。欣悦的突然辞世，简直就是毫无征兆的六月飞雪啊，彻骨的凉意突然袭来，我猝不及防地呆立在窗前，木然地望着院子里那棵枝繁叶茂的老柳树，脑子里不断地浮现出欣悦欢喜的容颜。

十几年前，我就职于牡丹江林业师范学校，一边教书育人，一边舞文弄墨。一个阳光明媚的春日，几位诗友相约一同去踏青。准备出发时，松子笑嘻嘻地宣布："一会儿，我给大家引见一位爱好

写诗的美女。"

"拉倒吧，就你那猫三狗四的模样，是美女也早就被你吓跑了。"我打趣松子，众人也附和着，说我们太了解这家伙了，一个至今仍单身的男人，跟他有点儿联系的异性，就是美女。

松子却无比坚定地回击："等一会儿，见到了，你们别被秀色迷住了双眼就好。"

人生中的有些遇见，真的像是久别重逢。当欣悦一身休闲装，亮丽地站在我们面前时，我们都不由得张大了嘴巴，心里的惊讶响成一片：不单单是美女，还是那种天然去雕饰的，纯纯的，带着乡野清新味道的美女。

松子得意地对我们说："傻眼了吧？别那么没出息地盯着人家。"

我捶了他一拳："不是你的审美眼光提高了，而是你幸运地遇见了美。"

说说笑笑间，大家就熟悉了。于是，我们便知道了欣悦有些坎坷的求学经历：她的父亲早逝，在一家不大景气的工厂上班的母亲，颇为艰难地抚养她和弟弟。她大学毕业后，本已经被学校保送读研究生了，但她想早点儿挣钱，帮帮多病的母亲，便放弃了读研，去了一所中学，当了一名语文老师。紧张的工作之余，爱好写作的她，也写一些诗歌和散文，偶尔也投稿。

那天，她拿来一沓儿诗稿，很认真地向我们请教，松子跟她吹嘘过我们几个诗人的成就，她眼睛里流露出的那真诚的崇拜，让我心里有些发虚。

坦率地说，她的诗写得虽说比较稚嫩，但很清纯，诗路很正，还是挺有潜力的。

我们几个人七嘴八舌地给了她一些鼓励，也给她提了一些如何提升的建议。她笑盈盈地道谢，说有我们的慧心指点，她写作的信心更足了。

从那以后，只要有诗歌活动，我总会想到欣悦，还将朋友赠我的一些诗集转送给她。松子更是对她关爱有加，为她介绍省内外的诗歌编辑，还帮助她发表了两组诗歌。有一年市文联举办中秋节诗歌大赛，她的诗歌获得了一等奖，而我和松子只获得了二等奖。颁奖晚会上，她竟有些羞涩："我写得没有你们的好，获奖实属幸运。"我们由衷地赞赏她是"青出于蓝而胜于蓝"，的的确确是她写得更好。

她便孩子般地笑了，笑得那样的甜，像一朵水灵灵的苹果花。

再后来，她恋爱了，结婚了，那个幸福抱得美人归的他，是她同一所学校的数学老师。

还记得，那年秋天，我被调往省城一所师范大学任教。欣悦张罗了一个小型欢送会，约了一些经常在一起谈诗论文的朋友。酒杯举起时，她眼睛里闪烁着晶莹："知道崔兄登高处，本该是欢喜的，心里却有说不出的伤感，也许这就是好友的别离。"

那天，她还特意朗诵了一首诗，那暖暖的情意，让一场告别有了美好的回忆。

　　然后，便是各自的忙碌，虽然彼此联系不多，但也在相互关注着，知道彼此都好。

　　得知她被检查出胃癌晚期时，我正在海南度假。接到松子的电话，我立刻改签了机票，直接赶到医院，看到一头秀发因化疗已脱落得寥寥无几的她，心中有说不出的痛，她却笑着安慰我："换一种发型，也别有风采啊！"

　　接着，她便聊起了我刚刚出版的散文集，说我哪些文章写得好，哪些写得有些草率，还是那么直言不讳，毫无遮掩。

　　告别时，她还充满期待地告诉我："等身体好一点儿了，我会去哈尔滨，去崔博士家里坐坐，去品尝一下你爱人做的卡布奇诺咖啡。"

　　回到省城，我又咨询了肿瘤医院的专家朋友，帮她购买了进口的抗癌药品。她在微信里告诉我，她病情有些好转，学校的领导十分关照她，不让她当班主任了，工作量也减轻了，她在看病期间，还在写诗，并发了两组诗给我看。

　　我以为她已经挺过了那段危险期，得知她辞世的消息，就像突如其来的一阵风，将枝头开得正好的花朵骤然吹落，那一地艳丽的花瓣，在明媚的阳光里，刺得眼睛生疼，丝丝缕缕，直抵心灵深处。

　　原来，春天也会有猝然的落花。

　　伫立于当年初相识的杨柳岸，往事像一张张彩色照片，如此清晰地浮现在脑海里。欣悦欢喜的音容笑貌，宛如那一树树开得繁盛的花朵，那定格的美丽，如诗、如歌。

逝去，是一种告别，也是一种挽留。天空中那悠悠的白云，在哪里蓦然聚首，又将在哪里别离？也许不应感伤"相聚总是短暂"，"告别无处不在"，此生有幸美好地遇见，彼此有过温暖的相知，有过幸福的照亮，我们的生命才变得如此芬芳，如此意味深长。

如是，且深深地珍视生命中每一次花落，一如珍视生命中的每一次花开，所有拨动心弦的经历，都是岁月弥足珍贵的馈赠。

今夜，请让我们仰望明月

　　那是一个仲夏之夜，去南方旅行的路上，竟碰上了多年难遇的列车故障，乘客们被抛在前不着村、后不着店的一片荒野之上，等待救援。

　　不知列车故障是否严重，也不知几时才能被修好，受不了车厢里的闷热，我和同行的两位朋友，跟随着不少乘客一起走下火车，想呼吸一下旷野夜空里清新的空气。忽然，写诗的朋友木子惊喜地喊了一声："月亮，好圆好圆的月亮。"

　　顺着他手指的方向，我们一群来自五湖四海的乘客纷纷仰起头来，望向空中悬着的一轮皎洁的月亮，望向许许多多闪烁不已的星星。"举头望明月，低头思故乡。"有人情不自禁地起头朗诵，很快大家便接龙般地接续下来——"明月松间照，清泉石上流""明月几时有，把酒问青天""举杯邀明月，对影成三人"……你一句、我一句，大家动情地朗诵那些赞美明月的诗句，我的思绪，也在柔柔的月光里快乐地流淌起来。

蓦然惊觉，多年来，霓虹灯闪耀的都市生活，自己整天忙忙碌碌，已经习惯了低头过柴米油盐的日子，许久不曾仰望头顶的月亮了。而那一轮清月，一直就浮在空中，一天天的，无言地望着我脚步匆匆的奔波，不悲不喜，不即不离。

犹记得，小时候，在偏僻的乡村，为了节省电费，晚上有时不点电灯，我们就趴在土坯房的窗台上，一脸虔诚地追望夜空中缓缓移动的月亮，想找到美丽的嫦娥和可爱的玉兔，找到在桂树下劳动的吴刚，找到瑰丽的传说中描述的细节。当然，更多的时候，是望着或圆或缺的月亮，我会联想到有关月亮的诗文，常常追随着那些灵动的文字，任悠悠的遐思飞得很远很远，或忘我地陶醉，或痴痴地迷恋，或莫名地伤感，或疼痛地醒悟……

想起一位外国童话作家说过这样一段话：每一个童话作者，其实都是月亮的孩子，始终被一片澄净的美好簇拥着，甚至一块冰凉的石头，也会因为那温柔的抚摸，变得润泽起来。

我的祖母绝对是一个天才的童话大王，读书不多的她，居然会讲那么多优美的童话，她讲的大多是太祖母在月光下讲给她的，或绮丽，或素朴，或直白，或曲折。那些美丽的童话，宛若一条条清澈的小溪，滋润了我幸福的童年。

那年冬天，在职场打拼遭遇颇多不顺的我，黯然神伤地回到家。见惯了尘世风雨的祖母，在我心情糟糕的那段日子里，没有跟我说任何励志打气的话，只是平静地告诉我：烦恼的时候，啥也别做，就抬头望望月亮吧，望望什么都不说、什么都明白的月亮。

我照着祖母的话去做了，居然神奇无比，一颗烦躁的心，刹那间便屏蔽了周遭的喧嚣，被满眼的柔美抚平了，那种神一般的宁静立刻大驾光临，仿佛接到了摄魂的神谕，风烟俱净，心空立刻明朗起来，周身清爽无比。

"月亮是一剂好用的药。"这是与癌症抗争并大获全胜的大学同窗文轩的肺腑之言。

曾经，他是我们年级同学的骄傲，来自贫困乡村的他，学习和工作都一直异常努力，刚过四十岁，便开始执掌一家大型跨国公司，天南海北地飞来飞去，谈笑间，便将自己宏大的事业做得蒸蒸日上。

然而，有一天，医生的断言猝然响起：脑部肿瘤晚期，已无法通过手术切割了，只能靠药物来维持，恐怕他的生命无法延续太久了。

晴天霹雳，骤然将他砸蒙了，他极不心甘地质问苍天：为何如此待他？

种了一辈子庄稼的父亲，打来电话："那就回乡下来吧，看看山里的月亮。"

平素寡言少语的父亲，帮他选了一栋山间小屋，屋前种花，屋后栽树，白天听鸟鸣，晚上赏星空。父亲还讨了民间土方，与他一道在山里搜寻各类药本植物，自配草药。不时地，还领着他穿溪跃涧，去采集山中果蔬，去饮清冽的山泉水。

最惬意的时光，是他躺在院子里的吊床上，仰望头顶的一轮明月。牛乳一样的月光洒在身上，心静如止水。

难以置信的奇迹降临——山居一年后，他去医院复诊，脑部的肿瘤竟不翼而飞，医生说他已不在癌症患者行列。

不少同窗见到和死神擦肩而过的他，听闻他近乎传奇的抗癌经历，在感慨"好人好命"之余，总忍不住好奇地要去他的山上"月光小屋"坐一坐，与他一道一边赏月光，一边品人生。

只管精致地活

在大山深处，藏有一块落寞的贫瘠之地，碎石横陈，沙地坚硬，连韧性的野草，生长起来都极为艰难，偏偏有一株普通的山菊花，从石缝间扭曲地探出身子，一边拼命汲取着沙石下的水分和营养，一边不停地吮吸着每一缕阳光，兀自埋头扎根，萌芽，生叶，然后，自然地开出一朵朵俏丽无比的花。

尽管那株山菊花生长的地方荒寂得罕有人至，甚至连蜂蝶都很少光临，但它不怨，不恼，不躁，只管听从内心的召唤，认真地开花，无人欣赏，就尽情地美给自己看。

那是一种令人肃然起敬的精致的活法，纵然没得到命运的垂青，也要守着每一个寻常的日子，一心一意，好好地活，活出鲜亮无比的自己。

克罗伊辛生活在干旱的阿富汗中部山区。多年前，她的丈夫和两个儿子均在战乱中失去了生命，七十四岁的她，一个人守着一间非常简陋的小屋，靠慈善机构的救济维生。

一位来自欧洲的自由记者见到她时，她正坐在和煦的阳光里，握着一把老旧的刻刀，细心地在一艘小木船上雕刻花篮，那是她给邻居三岁的小孩做的玩具。其实，根本无须镂刻那样细密的花纹，因为孩童很容易就会将其磨掉。然而，她始终极有耐心地一点一点地刻着，一丝不苟，仿佛她手里捧着的是一个价值连城的艺术瑰宝。

记者问她："已经做成像模像样的玩具了，为何还要那样煞费苦心地雕上精美的图案？小孩子恐怕不会在意吧？不怕那细纹的花篮很快就失去吗？"

她淡淡道："能够更精致一点儿，总是好的。"

这就是一位普通的阿富汗女人朴素的信仰——崇尚美到精致，即使那美转瞬即逝，但摄人心魄的美毕竟曾经来过。

记者还想问点儿什么，目光突然被院子里的两个废弃的炮弹壳做的花盆吸引住了，那里面栽种的散沫花，正开得鲜艳欲滴。

克罗伊辛见记者喜欢，便从陈旧的长袍口袋里掏出一个小瓶，那里面装着她用散沫花研磨的指甲油，她帮记者一点点涂到指甲上。看到那耀眼的红，她得意地咧嘴笑了，满口残缺的牙齿，掩不住满怀芬芳的向往。

刹那间，记者的心似被重物猛地撞击了一下：原来，自己曾羡慕的精致的生活，居然如此简单，就像这位经历了那么多苦难的老妇人克罗伊辛，只需一颗炮弹壳便可以养出漂亮的散沫花，一点儿指甲油就可以涂出明媚的心情，一件小玩具也可以饶有兴致地把玩许久……在紫陌红尘里，随时、随地都有精致的生活。只要愿意，谁都可以触摸到，谁都可以拥有。

深冬时节，我去京城探望已经年逾九旬的恩师，几句寒暄后，他竟掏出我前不久出版的一本散文集，把我拉到身旁，拿着一个放大镜，照着上面他用红笔圈点的批注，认真地告诉我，哪一段写得精彩，哪一条线索安排得巧妙，哪一个细节还要推敲，哪一个动词还要斟酌……那样细致入微，一如当年对我偏爱有加的中学语文老师为我面批作文。

我感动而羞愧，恩师一语轻柔地点拨我："写作和生活一样，都要努力追求精致一点，再精致一点。"

我颔首，深深致谢，一颗渴望精致的种子，在心底坚定地生长起来：无论命运将自己安放在何处，赐予自己怎样的一方天地，无论尊贵还是卑微，都可以像大地上恣意生长的美好事物一样，只管朝着精致的方向，努力地活，活出一份真，活出一份美，活出自己独特的精彩。

不回头

秋风乍起，无数叶子便开始新的征程了。当飘坠成为生命的又一主题，每一枚叶子都一脸的庄重，擦去别离的悲戚，抹掉逝去的感伤，脱下翠绿的衣裳，换上一件鲜亮的彩衣，与厮守了一个春季又一个夏季的枝头从容道别，平静地赶赴大地的约请。

没有一枚叶子回头，尽管心中也有丝丝的依恋，有点点的不舍，但告别的笙箫已吹响，且洒脱地向头顶的晴空挥手，吻别相依相偎的枝头，无风相随，便悠悠地滑落，滑出一道漂亮的弧线，有风相伴，且翩然起舞，舞出生命绚美的绝唱。

一生那么短，转头便是白发丛生。到了懂得不回头的年纪，心胸就变得更阔达了，阔得山高水长，阔得云淡风轻，知道一朵花枯萎了，凋零了，那是命中注定的结局，即使在原来的位置上，再开出一朵一模一样的花，也绝对是另外的一朵，真的是"年年岁岁人相似，岁岁年年花不同"啊。无论如何留恋地回头，所能够看到的，也只是似曾相识的花朵，而不是曾经魂牵梦萦的那一朵。

著名画家黄永玉曾批评喜欢"假如能回到从前"的人："世上常有人放着前头的好景不看，转过头朝向过去。"殊不知，忍不住一再回头，既挽不住失去的好景，还会错过眼前的好景，给明天留下新的遗憾。聪慧的他，见惯了人生的风雨，断然谢绝回头，九十五岁高龄的他，仍在创作长篇小说，仍在勤奋地绘画，兴致勃勃地参加电视访谈节目……

在黄永玉耄耋之年呈献的更厚重的字画作品中，我看不到一丝一毫的"油腻"或"佛系"，也没有那种熟悉的"念念不忘的怀旧"，只有一路优雅地老去，带着满怀的慈悲，带着真挚的感恩，带着无限的珍惜。

一场突如其来的冰雹，彻底毁掉了大片长势喜人的庄稼，那位见惯了风霜雪雨的老农，面对着眼前巨大的灾难，没流泪，没叹息，甚至没说一句抱怨苍天的话，似乎那不过是大自然搞了一个恶作剧，他只需轻轻摇摇头，赶紧跑到田间，快速清除满地的狼藉，再植下新苗，点燃新的憧憬……

我绝对相信，那位豁达的老农，不是无奈地顺从了生活中的变故，更没有委屈地认命，而是聪明地跳出了一场灾难的泥淖，迅速地转过身来，一下子就把烦恼扔掉了，他的心空变得更宽阔，更通透了。举目，仍是天高云淡；俯身，仍有花开花落。且让自己继续从容向前，无问来路，只想去程。

不回头，是轻松地放下了过往，倾心地爱当下，爱一群低低飞过的麻雀，爱一株被遗忘在墙角的小花，爱一个裸着头皮等待新发重新生长出来的癌症患者，爱一对在阳光下慢慢欣赏假牙的老人……那样一份沉浸的爱，是分分秒秒不肯辜负了生命，无论是悲是喜。

一位在商海中几经沉浮的企业家，告诉我：有些路口，不能回望，那是伤心的酒杯，不必端起；有些往事，不能回看，那是痛苦的羁绊，必须挣脱掉。往事不回头，不是要遮掩什么，不是在逃避什么，也不是在埋藏什么，而是明白了古人所言的"风烟俱净，天山共色"的深邃含意，懂得了"水随天去"不只是一种洒脱，"往事如烟"也是一个禅意深深的话题。

就像明明知道前方等待自己的是万丈深渊，那一溪流水仍决然地向前，直到将柔韧的身躯垂挂在悬崖断壁上，仍没有一丁点儿的回头之意，而是使劲地朝大地砸下去，砸出一帘壮丽的瀑布，砸出生命轰鸣的呐喊。

在某些落寞的日子里，我曾忍不住三番两次地回头，结果内心更加落寞，而伤心时刻的回头，也只是给心头又添了些许的伤感。于是，暗暗提醒自己：让一颗柔柔的心硬起来，不再回头看那些曾经的路，欢欣的，忧伤的，光彩的，黯淡的，完美的，遗憾的……

一生值得记住的，无须回头，也会深深记得。而那些令自己怀恋的回头，纵然会加深某些美好的记忆，也会在回头之时，不可避免地错失某些更好的风景。

如是，过往不回头，且行且珍惜。

折腾一番又何妨

人到中年，忽然喜欢上了"折腾"，喜欢生命中那些"不安分的折腾"，那不按部就班的"折腾"中蕴藏着勃勃生机，那不断尝试的"折腾"中洋溢着浓烈的人间烟火味儿，有着谜一般的魅力，令人不禁心驰神往。

那个周末，与一好友小酌，不知不觉间，我们聊到了"折腾"这个很现实的话题，好友颇为开心地举例："我家老爷子，今年八十二岁了，都白发飘飘了，却依然像一个贪玩的儿童，有着充沛的精力，似乎一刻也无法安静下来，他那么饶有兴致地折腾——刚刚好不容易学会了打太极拳，打得像那么回事了，他又兴趣盎然地拜师学习剪纸，买了一大堆工具，有模有样地剪了两个月，又迷上

了绘画，购置了水彩、画笔和纸张，热情满怀地开始学习国画……
他还说要学习古诗词创作，还想写一本回忆录，似乎他有学不完的
东西，有做不完的事情。"

　　我赞许道，老人可能是感觉到了人生易老，想赶紧做一些年轻
时想做却没能做的事，不想留下一辈子的遗憾，看似有些冲动、有
些不计后果的"折腾"，更像在寻求某种心理补偿，或者在找寻某
种精神安慰。

　　好友也很欣然父亲的举动："老爷子爱咋折腾就咋折腾，由着
他折腾吧，只要他开心就好。再说了，他那样不消停地折腾，也挺
可爱的，每天他都有事可做，动脑又动手，有益于身心健康。"

　　"其实，一些年轻人也喜欢折腾，职场上动不动就跳槽的年轻
人，多是因为不安于现状，不断地折腾，寻找自己喜欢的工作。"
我立刻想到了住在我楼下的三十八岁的师弟，他本来在市电业局有
一份令人羡慕的工作，偏偏不顾家人的阻拦，毅然地辞职，走进考
研辅导班，全力以赴地备战，欲考取计算机方向的研究生。

　　很多熟悉他的人都摇头惋惜，说他是典型的"瞎折腾"，放着
好日子不过，自讨苦吃，无论将来考得上还是考不上研究生，都没
有多大的意义。他的妻子焦虑万分地请我帮忙劝阻。我刚一开口，
他干脆利落的一句"我喜欢"，立刻让我精心准备的一堆理由，变
得轻飘飘了。

　　师弟如此选择，是出于自己的喜欢，谁能阻拦一个人发自内心

的喜欢呢？更何况他的喜欢也不无道理，他不想过那种一眼就能看到头的日子了，希望通过考研，换一换生活环境，换一种生活方式，不愿意自己慢慢地滑向"佛系中年"……

突然想起，在电视上看到那样一位有些"不着调"的农民：他生活在东北平原，承包了不少土地，庄稼种得好，年年丰收有余，日子过得可谓是相当滋润了。可他偏偏有一颗不羁的心，不甘做一个衣食无忧的农民，总想着再干点儿不寻常的事。于是，春种秋收之余，他将大量的精力投到了制造上面。而他的制造和他的身份毫不相干，他先是造跑车，铁板、钢板、木料都用上了，车、铣、焊、漆……他一下子变成了"万能工"，投入了不少积蓄，花了五年多时间，居然造出一台"很拉风"的跑车，但不允许开上公路，只能在乡间土道上颠簸，不少老年人斥责他"纯粹是吃饱撑的，是祸害钱"。他却不以为然，继续折腾——他要制造一艘潜艇，家人怎么也阻拦不住，一次次的失败，钱花了不少，折腾得媳妇跟他离婚了，他仍不肯放手，反倒越挫越勇。有记者问他为什么要造潜艇，他笑呵呵地回了一句"就是喜欢"。一份真切的喜欢，让他成了众人眼中特别能折腾的农民。

一日，遇见毅然辞去某大公司副总裁职位，背上行囊，去非洲大峡谷探险的一位企业家，我有些不解：事业正蒸蒸日上之时，正应该继续大显身手，他却突然转身而去冒险，是不是折腾得有些过头了？

他却很享受地告诉我："人生短暂，如果不好好地折腾一场，岂不是太可惜了？"

望着他满脸的坦然，我不禁心头一颤——原来，美好的人生，是需要好好折腾一番的。

多年前，曾有人请教著名作家金庸，人生该如何度过？金庸先生侠气浩荡地回答："人生就是要大闹一场，然后悄然离去。"有些人不停地"折腾"，或许正是期望打破波澜不惊的生活，给寻常无奇的日子添一些艳丽的色彩……

其实，并不是每个人都有折腾的资本。能够尽情地折腾，证明心头还有热望，还有不甘平淡的激情，还有一些支撑自己折腾下去的资本。无论折腾的结果如何，都可以欣然地告慰自己：在人生的某个阶段，自己曾欢喜地尝试过、努力过，曾尽兴地折腾过。

尽情地折腾一番，自然会多一些收获，会少留一些遗憾。如是，我们真的不可随意嘲笑那些喜欢折腾的人，反而应该扪心自问：应当如何将自己的生活折腾得有滋有味？如何将自己的生命折腾得精彩纷呈？

当然，折腾不是任性，不是不管不顾地随心所欲，不是盲目地乱闯乱干，而是听从心灵的召唤，知道要"折腾"得尽兴，也懂得"折腾"需量力而行。令人羡慕的折腾，是一种率性的活法，也是一种智慧的人生。

咬着牙扛过去

那年，十八岁。

秋风瑟瑟的一个黄昏，父亲在大山深处的采石场被突然炸响的哑炮夺去了生命。家里顶梁柱猛然抽走了，本就贫弱的家近乎坍塌了。柔弱的母亲一次次哭昏过去，望着三个稚嫩的妹妹，他很男子汉地向采石场老板提出一个要求：允许他去采石场，跟着师傅学习爆破，继续干父亲没干完的活儿，只为多赚点儿钱，撑起那个残缺的家。

母亲极力反对，邻居们纷纷劝阻，陌生人爱莫能助地叹息，他全不在意，头也不回地去了采石场。他先是跟着师傅学习选炸点、打炮眼，然后学习埋炸药、连导线，接着学习最危险的排哑炮。每一样活儿，都苦，都累，都藏着危险，都需要加倍小心。

　　师傅寡言少语，有些混浊的瞳孔里，似乎沉淀了许多苍茫的世事。父亲曾是他很欣赏的徒弟，那天本来他要亲自去排除哑炮的，父亲看到患感冒的师傅走路有些发飘，便自告奋勇地攀上山垭，顺利地取出五个炸点的雷管和炸药，没料到意外骤然降临，趴在不远处指挥父亲操作的师傅，眼睁睁地看着父亲和一块块碎石一道飞到半空中，重重地摔下来，摔得血肉模糊。而在前一天晚上，他还跟师傅憧憬着，等年底拿到工钱，就把家里两间破房子好好修一修，给每个孩子买一件过年穿的新衣服……

　　他原本性格就挺内向的，父亲离去后，他变得更不爱说话了，仿佛很多话早已说完了，只是默默地拼命干活。

　　他牢记着师傅的教诲：要成为一个好的爆破工，必须要怕死，只有心里特别怕死，才不会莽撞行事，不会马虎大意，才会处处小心，时时细心，眼睛机敏，手上细致，腿脚麻利。

　　第一次埋炸药和雷管，他紧张得心快要提到嗓子眼儿了。虽然这项工作，他已经练习过无数次了，每一个环节他都娴熟地掌握了，但那天他还是莫名地惶恐，他能感觉到自己的手在不停地颤抖，腿也在颤抖，好像那一大捆炸药随时都会炸响似的。记得母亲曾问过父亲是否害怕爆破，父亲轻描淡写地回答："没啥可怕的，只要细心一点儿就不会有啥危险的。"那一刻，他才知道，父亲没有说出的害怕，就像他面前那块巨大的岩石，实实在在。

　　在采石场，要成为一名优秀的爆破工，绝对不是一件简单的事，得懂得勘察地形，了解地质状况，还要有眼光选好放置炸药的位置，更要有打好炮眼、布好爆破网的技术，苦和累是自然的，至于危险，那就更不用说了，即便是大半辈子小心翼翼的师傅，也被炸掉了三根手指，腿上还留下了两道永久的疤痕。

炎炎夏日，他忍受着炎炎烈日的烘烤，贴在滚烫的石壁上一点点地匍匐着往后退，撤至安全地带。若是赶上多雨的黄昏，湿漉漉的山坡，稍不留神就可能摔倒，成群的蚊子一哄而上，撵也撵不走，被叮咬得满身是包，痒得难受，一挠一道血痕。

冰天雪地的冬日，西北风呼号着，刀子一样的风，凌厉地钻进厚重的棉裤，似乎要将身上不多的温热全部劫走，冷得骨头都在打战。如果停下来，只需一刻，整个身子就会冻僵。狗皮帽子上结了厚厚的冰，眼睫毛都白了，呼出的气立刻成了霜。工地上的爆破工换了一个又一个，不少人慨叹那简直不是人干的活儿，增加工钱，也不愿意干，实在太苦了。

但他不能走，他太需要钱了，要完成父亲的夙愿，要给多病的母亲买药，要给上学的妹妹买书本……他拎着绳索、钢钎、锤子，翻山越岭，爬上陡峭的石壁，悬在直立的崖石一侧，趴在荆棘密布的山坡。渴了，夏天喝溪水，冬天抓一把雪塞嘴里；饿了，夏日采些野果，冬天啃两口硬邦邦的干粮。早晨天刚蒙蒙亮就出发了，晚上披星戴月地归来，也是常有的事。

那天，他按下起爆器，却没有听到爆炸的声音，不知道哪里出了问题，那是他和师傅一起忙碌了半个月才布好的爆破网。为此，他摔了两个大跟头，伤了一条腿，一瘸一拐地好多天了，胳膊上还被石头划了两个很深的大口子，伤口一直没愈合。

他与师傅研究了半天，做了全面的规划，形成一个可行的哑炮排除方案。像当年父亲那样，由他亲临现场，一个人全程具体操作，师傅在后面为他出谋划策，做他的助手。

有两处炸点设在陡峭的崖壁上，他需要系紧安全绳，悬在半空中作业，为了防止因轻微震动而引发突然的爆炸，很多活儿，他都只能徒手完成，挖去浮层的碎石沙土，他还可以戴一副薄薄的手套，再往深处一点点地弄走覆盖在炸药包上的沙石，就必须靠十根手指了，那样小心翼翼地一点一点地操作，才能降低危险系数。有时，山风突起，他必须停下来，撤到安全地带，喘口气，平静一下，再继续。

花了整整八个小时，他顺利地拆除了所有炸点的炸药和雷管。他长长地舒了一口气，瘫软地躺在地上，一身大汗淋漓，上下身的衣服都湿透了，在一旁密切关注他的师傅手上也汗津津的。

年底，他拿到了三千元工钱，那是二十世纪八十年代初打工者所能挣到的"相当可观的高薪"。他把一叠钱交到母亲手里时，母亲一把抱住他，抚摸着他伤痕累累的粗糙的双手，热泪盈眶。他却笑着告诉母亲："别担心，父亲在天上保佑着我，我还会赚更多的钱，让全家人都过上幸福的日子。"

开春时，他用那笔工钱，翻盖了四间新砖房，还请来县城的医生治好了母亲的老胃病，给三个妹妹每个人做了两套新衣裳。

十年，他整整地干了十年爆破工，从冰天雪地的大东北到椰风习习的海南，他换了好几个公司，技术越来越高超，名气越来越响亮。

再后来，他有了自己的大公司，成了响当当的实业家，如今已身家过亿。

有记者采访他，说起他从十八岁到二十八岁那段苦涩艰辛的青春岁月，他竟一脸的云淡风轻，仿佛那不过是一些十分寻常的往事，并没有什么特别的，记者却听得双眼潮湿。

原来，光阴里的那些苦与难，是他无法回避的人生磨砺。面对生活中意想不到的苦楚，最好的选择，就是像他那样不抱怨、不逃避，挺直了脊梁，咬着牙一点点地扛过去。熬过了地冻天寒，才会走进明媚的春光，静赏树树花开。

眼前也有很多诗意

  很多人喜欢去更远的地方旅游，是因为内心里对远方萌发了种种美好的憧憬，以为逃离眼前熟悉的生活，走到一个陌生的地方，即使遇见的也是寻常的景、物、人、事，却会产生艳遇般的新鲜感。不是吗？一路走去，你会惊呼他乡的天高云淡，会慨叹他乡的山清水秀，甚至你呼吸到他乡的空气，似乎都陡然多了丝丝的清新与甘甜。

  其实，你只是一时心倦了，一时眼怠了，疏于欣赏故乡的蓝天白云了，你没有注意到故乡那座无名小山上的清泉潺潺，一些无名的小花小草长得也十分秀气，还有一些清脆的鸟鸣，也被你内心的嘈杂屏蔽掉了。至于你在那些景区内一路逛去、细心挑选的那些纪念品，大多在你离家不远的早市或街上某个商店，也能轻易地买到，或许价格还更便宜呢。只是平时你根本看不上眼，而在风景区遇见了，就有了他乡遇知音的兴奋，你千里迢迢带回来，不管是买给自己还是特意买给朋友，只因沾了远方的光，蹭了旅游的热度，纵然只是一个寻常的物件，也无形之中添了些许的神秘，染了一些珍贵的色彩。

旅游的美妙，有时不过是缘于你走进了一个又一个新天地，缘于你动身之前蓄积了很多美好的期待，你足迹所到之处，目光所及之处，因为先前已铺垫了不少美好的想象，自然会在走近时多一些诗情画意。譬如，某景区里几株开花的老树，某位诗人曾生动地描述过，你一眼望去，似乎它们真的有一份别样的美丽；一片辽阔的草原，或者一条望不到边际的海岸线，在影视中已无数次见过，走到跟前，你仍会不由得思绪悠悠，油然而生一股英雄情怀；甚至一栋仿古的建筑，在你眼里也似乎有了沧桑的味道，与沾了传说的人造景观合影，你内心里也会滋生一种穿越时空的奇妙感觉。

很多人常常忽略了这样的事实——许多诗意漫溢的东西，不单单存于远方，它们往往就藏在我们每个人极为普普通通的生活里面，就在触手可及的眼前，俯拾皆是。

倘若你能静下心，将关注的目光投向身边熟悉的一花一草、一石一鸟、一人一事，细细观察，细细品味，从簇拥在身旁的那些"小确幸"当中，你也能够欣然捕捉到许多滋润心田的诗意：小区里那几株丁香树，一到夏日就会散出浓浓的花香，那棵老榆树的皮脱落了那么多，依然活得很有"精气神"，还有那些愿意同我们亲近的麻雀，就像多年不离不弃的老朋友，彼此不用多少言语，生命里的悲喜都深深懂得……

前年，自己网购了一大堆书，都摆放到了书架上，有的只是草草地翻过，有的甚至放了大半年，竟连上面的塑封都没拆掉，总觉得以后会有大把的阅读时间，书上蒙了尘也不曾在意，全然不像自己在候机大厅翻看一本杂志那样投入。似乎那是一本重要的读物，必须一口气读完，否则，就再也没机会读了。

去远方寻找诗意的行者，亦往往如此。他们已被柴米油盐浸泡的凡俗日子消磨掉了热忱，对眼前的景物已熟视无睹了，对一地鸡毛的琐碎生活有点儿麻木了。

殊不知，就在滚滚红尘的喧嚣与嘈杂之中，也充溢着浓郁的诗情画意——临街摆水果摊的红衣少女，喜欢忙里偷闲地翻阅一本《诗刊》；松花江畔那位癌症患者正拎着一支拖布般的大笔，十分专注地练习水书；坐在马路牙子上的清洁工，摘下口罩，幸福地欣赏着自己扫得干干净净的街道；每天手挽着手，在菜市场里挑选新鲜蔬菜的那对白发老人，也是一道动人的风景啊……还有墙角那株葱茏了一春一夏的小草，还有晒出一股好闻的阳光味道的被子，还有小区里长得很喜庆的那个胖保安，还有那位年轻妈妈对考试成绩不佳的儿子走了火的呵斥，还有生意惨淡准备转兑的老照相馆，还有即将开通的3号地铁线……林林总总，数不胜数，扑面而来的日常生活，弥漫着泥土一样朴素的气息，也弥漫着令人浮想联翩的诗情。

　　我邀请一位著名诗人给中文系的学子们做一次诗歌创作讲座。到了自由提问环节，一个眼睛里满是困惑的女孩请教诗人——不行万里路，怎么会有源源不断的诗意发现？

　　诗人一语平淡道："只要始终拥有一颗诗心，完全可以足不出户地跋涉千万里，完全可以从一方狭窄的天地间看到广袤无垠的大千世界。"

　　没错，许多美丽的风景就在眼前，只要诗心未泯。

　　毋庸置疑，我们跋涉的双足所能抵达的远方，远远不及我们爱意充盈的心灵所抵达的远方。与其逃离眼前的生活，热情满怀地去他乡寻觅所谓的诗意和远方，不如好好热爱身边凡俗的生活，用一双爱的眼睛，欣赏身边的风景，从周遭那些不加雕琢的真、善、美当中，惊喜地发现拨动心弦的诗意。如是，美景随处可以遇见，诗情随时能够降临，只要你愿意，美丽的诗句自然会在心头汩汩流淌……

第 六 辑

总有些情怀，难以云淡风轻

一朵散淡的云，映在从容远去的秋
水中，一枚绚丽的叶子，以优美的
舞姿述说着飘坠的不甘。谁说山月
不知心里事？慢下来，从一声鸟鸣
里谛听渐行渐远的韶光，从一枝梅
花上读取春草复生的消息，总有一
些情怀，是心中念念不忘的美，似
淡却浓，似浅却深。

从前慢，一本书细细地读

　　最近几年，特别喜欢买书，在网上购，到实体书店选，到地摊去淘，一批批新书旧书，将贴墙而立的一大排书柜挤得满满的，甚至墙角、写字台上，也垒起了高高的书摞。有朋友见我坐拥"书山"，惊讶地问我："你买那么多书，能看得过来吗？"

　　我不免有些汗颜，不知何时，自己居然成了一个有兴致买书却没有耐心读书的人，很多书买到手，便被冷落了，有些只草草地翻过几页，有的根本就不理不问，居然有的买来半年多了连塑封都没拆开，至于无意间重复购置的，也有二十多本了。

　　作为一名在大学里教写作的老师，本应该静心读书、用心教书、热心写作，这也是我年轻时憧憬的理想生活。然而，在日常那些喧嚣的热浪中，一颗日渐浮躁的心，不知不觉间，便被诸多诱惑撩拨着，被许多琐事牵绊着，被许多杂乱信息充塞着，整日无端地盲动着，忙忙碌碌，竟难以静下心，捧起一本书，沉浸于那些文字营构的美妙世界当中。

那天，读到作家木心怀念旧时光的一首小诗《从前慢》："……从前的日色变得慢／车，马，邮件都慢／一生只够爱一个人／从前的锁也好看／钥匙精美有样子／你锁了，人家就懂了。"从前的慢光阴，闪着天然的诗意，一下子便打开了记忆的大门，从前读书的一些生动的场景，也自自然然地浮现出来。

那时，乡村的日子，似乎一切都慢悠悠的，云慢慢地飘，花慢慢地开，树慢慢地长，小河慢慢地淌，鸭鹅在水塘里慢慢地游，老马拉着木板车慢慢地走，编篓的慢条斯理，磨菜刀的不慌不忙，除草的不疾不徐，仿佛每个人都拥有无数的光阴，可以任性地挥霍……

作为一个喜欢读书的人，似乎就更有理由慢下来了，因为在那样的时代、那样的环境中，虽说有大把的时间，却只能弄到十分有限的书籍。所以，每每拿到一本书，欢喜之余，自然倍加珍惜，绝不肯潦草地一翻而过，而是平心静气地捧起书，全神贯注，一个字一个字地咀嚼、品味，好像不细细地读了又读，便对不起那好不容易搞到的书了。

一辈子极为节俭的祖父，掉到饭桌上的一个米粒也要捡起，他告诉我："读书，也是一个细致的活儿，得耐心地磨。"很喜欢他说的那个"磨"字，里面藏着亲密的意味，凝了虔诚、聚了认真、融了精致，有令人敬重的匠心，又不乏迷人的智慧。

一位好友这样向我讲述他在八十年代初难以忘怀的读书情景：某一天，有人送给他一部长篇小说《红日》，他如获至宝。起初，他追着小说的情节，贪婪地读起来，读得飞快。等发现快读到结尾时，他便慢了下来，生怕一下子读完了，会生出那种莫名的失落，就像擦燃的火柴，希望它多燃烧一会儿，虽然明明知道那火光很快会暗淡下去。

后来，他找到一个安慰自己的办法——将书从头再次读起，慢慢地读，一天只读十页。读完了，便合上书，坐在那里慢慢地回味，似乎那一行行的文字，都闪着迷人的光泽，让自己情不自禁地沉溺其中。还觉得不过瘾，便索性找到那些最生动的情节，一句一句，细细地赏，细细地品，好像捧着一件稀世珍品，不好好地端详，便无法领略其超绝的美妙。

如好友这般慢读，我也曾体会过。那时，弄不到书，我便读糊在墙上的旧报纸，一面墙一面墙地读，读那些老旧的新闻，读那些思想漫溢的评论，读那些有意思的副刊，甚至夹杂在报缝内的广告也不放过。我读得很慢，但不到半个月，把墙上的报纸还是都读完了。又站到饭桌上，仰头读棚顶上的旧报纸，仍是一字不落地细读，似乎若不那样，便是对阅读的不尊重。唯有慢下来，方是一个好的选择，如品佳茗，读着读着，会不由自主地停下来，细致咀嚼一番，耐心品评一番，仿佛不如此反复几次，便无法领略其中的真滋味，就有些暴殄天物了。

认识一位大学者，年过八旬，仍在不断地著书立说，且佳篇频出。曾向他请教：当下，面对浩瀚无际的书海，该如何高效地读书？老先生平和地答道："挑重要的书，慢慢地读，读出里面藏着的味道。"

老先生所言甚是。如今，无论是都市还是乡村，在任何地方，寻找阅读资源均已变得极为方便，阅读工具也极为丰富。但要让一个人潜心慢读，却成了一件不大容易的事情，而有些阅读，是断然快不得的，必须平心静气地慢慢读，慢慢品。

我们日常所见的一些快餐式的阅读，多是走马观花的浅阅读，多是浮光掠影的浏览，多是浅尝辄止的草草翻阅，所读出来的，大多是一些肤浅的东西，与用鼠标不停地变换眼花缭乱的网页一样，有时看似读了很多东西，但扪心自问阅读的收获究竟有多少，恐怕只能羞涩地摇头了。

从前慢，一本书津津有味地细读，不单单是一种有益的阅读方式，还是一种富有启迪意义的生活方式。

能够远离纷扰的世事，抽一点儿时间，选一本喜欢的书，慢慢地读，读得淡定自若，读得如痴如醉，书里书外，如吴均的《与朱元思书》中所言："风烟俱净，天山共色。从流飘荡，任意东西。"岂不是一件人生美事？

爱好书法的朋友，赠我一幅字："慢慢地走，慢慢地读。"我十分喜欢。不仅从前读书要慢下来，如今读书，也要慢下来，就像那些好光阴，不应走得太匆匆。

清泉石上流

在友人的画室,看到一幅清幽的山水画,秋阳中的白桦林愈加妩媚,一溪蜿蜒的山泉,浅然自流,上面的题字那般熟悉——清泉石上流,飘逸的行书,闪着光阴静好的端然。

此时,窗外有飒飒秋风拂过,两棵白杨树金黄的叶子正花雨般不时地飘落。思绪翩然间,王维的《山居秋暝》便悄然铺上了心陌:

空山新雨后,天气晚来秋。明月松间照,清泉石上流。
竹喧归浣女,莲动下渔舟。随意春芳歇,王孙自可留。

一场微冷的秋雨,洗过空阔的群山,空气里还弥漫着落英缤纷的淡淡忧伤，黄昏的颜色像一杯浸着丝丝凉意的橙汁，正一口一口地灌入那眺望者的胃中。都已经逝去了，那些鲜衣怒马的日子，那些峥嵘岁月稠的日子，此刻，只有暮色苍山远。

那些凋落的花与叶，有着怎样的不甘与无奈呢？听听那穿枝打叶的冷雨，听听心头被吹打的无边的落寞，该如何漫过那锦瑟年华里的一帘幽梦？

还好，这一轮皎洁的明月，依然诗意盈盈，依然情深义重，一直陪伴在那些无言的松树身边，像那静默的琴弦，在耐心地等待一位真正的知音来临。看到柔情似水的月光，就仿佛看到了至敬的亲人，看到了炊烟袅袅的故乡，就连照进了月光里的缕缕思念，都变得那样令人心驰神往："露从今夜白，月是故乡明""举头望明月，低头思故乡""春风又绿江南岸，明月何时照我还""当时明月在，曾照彩云归""明月几时有，把酒问青天""海上生明月，天涯共此时""向夜欲归愁未了，满湖明月小船回"……在这长长的"明月"的飞花令里，汩汩流淌的是醉了千年的悠悠情思，含蓄朦胧的月色，直言不讳的月色，照在哪里，都有绵绵的诗意情怀。

清泉石上流。多么简约的一幅人间素描，那石，来自山中，那水，亦来自山中，一静一动，相对两从容。活泼的泉水只管向前流淌，携一瓣落花或是几枚红叶，而那岩石只是默默地伫立，目送一湍清流独自去远方，不挽留，也不祝福，仿佛心中早已明了：遇见，已是今生难解的缘；别去，亦是今生注定的缘。流与留，光阴自有其理所当然的安排，就像月亏月盈自有其充足的道理。

一位在商海中载沉载浮多年的朋友，曾一度成为众人羡慕的成功人士，却在六十岁那年，因一次投资惨败，将大半生辛苦打拼赚到的金钱，悉数赔掉，还欠了一笔不小的外债。

再见到他时，竟是一副"清泉石上流"的淡然："赚与赔，不过是一些金钱从我这里转到了别人那里，就像一阵秋风从一棵树顶转向了另一棵树顶。"

"可毕竟还是有所失去啊！"我仍为他感到惋惜，真的无法做到心如止水般的平静。

"失去是必然的，只是或早或晚，只是选择以这样的方式还是以那样的方式而已。"他似乎早已洞悉生命中的某些真谛。

也许我们沉甸甸的收获，有时就藏在我们的某些失去里面。那些烂漫的春花，被哪一阵风吹到了哪里？那些曾翠绿得亮眼睛的青草，何时已憔悴得那样不忍直视？就像我当年那一头的黑发，仿佛就在一夜间，便散入了点点白丝，真是光阴似水流啊。有满载收获的渔船，也有撒空网的归舟，有嬉笑的浣衣女，也有怅然远眺的楼上女。所谓的王者，有时并不在喧嚷的朝市，那位独坐在夕阳里的老者，自然知晓：洒脱的人生，便是经历过快意的"从流飘荡，任意东西"之后，还能以如禅的淡然，但看水行石上，目送那一树树的花开花落，静观头顶云卷云舒。

再绚丽繁华的生命，也终要归于平淡无奇。穿行于红尘的滚滚烟波，我也曾踌躇满志，也曾豪情万丈，欢喜有过，伤心有过，自豪有过，遗憾有过……到如今，风也过雨也过，一颗渐趋平和的心，栖于那月光轻抚的缓缓的流水之上，感觉远处山坳里的一缕炊烟，正暖暖地唤着我，慢慢地走进那些凡俗日子里，单单守着一地浸满情思的黄叶，便也是一个拥抱着深邃秋天的富豪啊。

清泉石上流，流走的是一抹云影，流不走的是沉淀在云影里的心事，淡淡若烟。

独坐

像悠然的闲云野鹤，又像离群索居的老树，独坐，随意而散淡，有些慵懒，有些诗意。

独坐，是一个人的静默，也是一个人的忙碌。两个人，可以窃窃私语；三个人，可以大声争论；一群人，则可以推杯换盏地喧嚷。

喜欢独坐江畔的垂钓人，一只折叠凳，一根钓竿，就能将一大把光阴，许给那条知名或无名的河。天地阔大，云自舒卷，风自吹拂。久久独坐的钓者如此亲近红尘，又如此疏离市声，有期待，有遐思，有惊喜，有失落。粼粼波光，漾着时光流转的身影，明晰或暗淡，如一幅不加修饰的水墨画，在意境深远的唐诗里，也在寻常的山野之间。

向低飞的麻雀致敬

犹记得童年时，乡村的深秋时节，田里的庄稼都颗粒归仓了，繁华褪尽的田埂，一片寂然，只有些许青黄参半的衰草，在愈来愈凉的秋风里无力地摇摆着。这时，劳碌了一年的父亲走出村子，顺着弯弯曲曲的山道，很休闲地踱着，不知不觉地就踱到了自家的农田里，站在刈割后的田埂上，仰首晴空，没有远去的归鸿，他那无人知晓的浩渺心事，也许有一朵随遇而安的白云能读懂，也许有一只栖于枝头的麻雀能读懂，也许谁也不懂，连同他自己。

蓦然，父亲索性坐下来，就像坐在自家的炕沿上，很随意，很自如地坐到有些松软的田埂上，将远眺的目光收回，投向那些大块的土坷垃上，投向那几只似乎永远不知疲倦的蚂蚁身上，投向一截被遗落的玉米秸秆上……看着那些熟悉的物什，立刻就有了一种日子踏实的感觉，有了一种命运在握的自信。

看着看着，他竟有些莫名的陶醉，干脆微眯双眼，嗅着泥土淡到极点的味道，默默地倾听，听不慌不忙地赶路的风，听不远不近的鸟鸣，听胸腔里滚过的生命感喟，脸上一览无余的，是他满怀的知足与感恩。

宛若一种习惯，多年以后，父亲仍然喜欢一个人独坐秋天的田野，仿佛那是生命中必须要坚守的一个礼仪，倘若不那样，反倒是没有道理了。

大三那年，备战竞争空前激烈的研究生考试，我整个寒假都留在了师大。大年初二的早晨，天空纷纷扬扬地飘起了雪花，我推开深奥难解的理论书籍，暂别那些难缠的英文翻译，独坐宿舍的窗前，望着校园里的那些叶子早已落光的杨树、柳树、糖槭树、榆树，在纷纷扬扬的落雪中，静寂无声。大片的银白在鲜有人走过的校园铺展着，偶尔远处传来的鞭炮声，很"鸡汤"地提醒世界——春天的脚步在走近，尽管此刻的北国依然是水瘦山寒。

突然间，我看到长在一栋宿舍楼顶的那株矮矮的小松树，它独坐高处，不知几个春秋了。见过了人世间太多的悲喜忧欢，已是一个宠辱不惊的隐忍者，也是一个怀抱期许的希冀者。望着它，我蓦然有一种他乡遇故知的欢悦。

曾去拜访一位下肢截瘫的诗人。他住在一个老旧的小区里，二十世纪八十年代的一栋老楼，没有电梯，七楼的一间小屋里，床头、书桌上、地上都堆放着各类书籍和报刊，零乱不拘。那会儿，他独坐在一张油漆斑驳的木桌前，窗台上是绿色撩眼的吊藤和水仙。

他说自己不方便下楼，看书、写作累了，就一个人独坐窗前，静静地欣赏小区外那条红尘滚滚的马路上每天上演的景象——车水马龙，人声鼎沸，杂乱而生鲜，琐屑而形象。一眼望去，生活的苦辣酸甜，俯拾皆是。

我惊讶他足不出户，却能将种种市相描摹得惟妙惟肖，他只是淡然一语——那是因为我有大把的时间，可以独坐窗前观察、感受，更可以让思绪自由飘荡，心游万仞。

原来，独坐亦可以有如此美妙的收获，我不禁要为不幸的他点赞了。

　　独坐，与孤独无关，与寂寞无关，许是某种心境使然，许是某种情势使然，许是说不出什么具体的缘由，就那么自然而然地选择了，像爱情的萌发与成长一样，没有道理可讲，也讲不出什么道理。

　　喜欢独坐时那份忘我的静谧，亦喜欢独坐时那份情不自禁的热烈。独坐的人，也是一道风景，有自己的色彩，有自己的声响，也有自己的主题。

　　一文既成，我愿意独坐电脑前，与那些凝了情思的文字，相对无言，如熟稔的老朋友。

怡然看云

冬日，停车于东北辽阔的大平原上，猛然抬头，湛蓝的天空，浮着片片白云，脑海中立刻涌入王维的《终南别业》中的佳句："行到水穷处，坐看云起时。"

素心萦怀的诗人，喜欢独自去山林间走走，遇树看树，遇花赏花，悠悠然，跟着一溪流水，或一串鸟鸣，不问目的地，只管随性地信步走去，一路皆是赏心悦目的风景，边行边赏，自在欢喜。

蓦然，林间小径突然中断，诗人便索性在一块草坪上坐下来，仰望头顶悠悠的白云，且看云之悠闲自在，且看云之飘忽不定的变幻，且看云之变化无穷的神奇。此间有真趣，一颗纯净的心，懂得山水之乐，更懂得游云之乐。此间更有禅意，诗人看似"无心"的率性

239

而行，偏偏又遇到了"无心以出岫"的云，无常心的云，无常住的云，因为那一份饶有兴致的"坐看"，自然又牛出了"应无所住而生其心"的玄妙禅机。

此时，亦仕亦隐的王维，早已看透仕途中的诸多艰险，他想挣脱红尘里缠绕的种种烦恼，或许就像此刻这样，扔掉心中某些功利的执念，怀一颗超然物外的素洁之心，如流云般无所牵挂、无所拖累，悠然闲处，自然无烦无恼，自由轻松。

一朵游移的云，或一朵静止的云，或许多亲密相依的云，或一些相互张望的云……像层峦叠嶂的云，像长河漫流的云，像牛羊散步的云，像楼宇殿堂林立的云，林林总总，形形色色。云的世界丰富而深邃，想看懂一朵云纷繁的内涵，并非是一件容易的事情。

犹记得，儿时的我，常常与小伙伴们一起坐在屋后的草垛上，饶有兴致地张望夕阳西下时的彩云，那些织锦一样绮丽的云霞，在浩瀚的银河中堆积着，翻涌着，慢慢地流淌着，又在不断地变幻着，有的像一条缓缓游动的大鱼，有的像一匹奔跑的骏马，有的像一只昂首啼叫的公鸡，有的像一头懒懒的大肥猪……很奇怪，那些云的形状，竟然大多是我们眼里熟悉的动物，年少的我们认真地看云，便是在寻找各自喜爱的动物。缥缈的云，多彩的云，魔术师一样变幻出栩栩如生的云动物，或形似，或神似，或形神兼备，看着就很亲切，就不由自主地浮想联翩……

看云，仿佛在看大屏幕的露天电影，每一个登场的角色，都寄寓了儿童天真的意愿，每一段演变的情节，都藏着儿童简单的心事。看云，其实就是在不知不觉地看着一些生命成长的足迹，在悄然汲取着某些深刻的人生启示。

在鲜衣怒马的白衣少年时，偶尔心头会拂过一缕有些矫情的清愁，欲说还休，有时抬头望云，只那么不经意的一瞬，那棉絮一样一尘不染的白云，便立刻涤去笼罩在心头的迷雾，荡去浮于心陌的尘埃，目光也陡然澄净起来，少年的忧郁旋即烟消云散。

喜欢陈与义的《襄邑道中》的情趣盎然："飞花两岸照船红，百里榆堤半日风。卧看满天云不动，不知云与我俱东。"诗人乘船远行，一路上，闯入眼帘的是两岸草木青青的原野，是俏立于大堤上的榆柳，是随风飞舞的缤纷落花，是暖暖的阳光映在船帆上的淡淡的红，是天空一朵朵好看的云……诗人似孩子一样好奇——躺在这顺风快行的船上，天上的云彩怎么始终一动不动呢？真是一件奇怪的事啊！就这样一路轻舟飞驰，不到半天的工夫，便行进了百余里。再仰首望云，不禁惊喜连连：哦，那些云一直都在陪伴着我，一直在跟随着船一路前行。

因为闲适，诗人可以悠然地欣赏绿榆夹岸的美景，饶有兴致地欣赏同样闲适的云似静实动，此中有童趣的自然流露，亦有人生哲理的感悟。有一颗怡然的心，方能如此愉悦地看云，看出云里面藏着的情趣和智慧。

聪慧的看云者，不但能够看出云的美丽，还能够看出云中隐藏的奥秘，看到云中深邃的哲学，现代诗人顾城有一首朦胧诗《远和近》，颇耐人寻味：

你，

一会看我，

一会看云。

我觉得，

你看我时很远，

你看云时很近。

我与你，明明近在咫尺，你与空中飘浮的云，明明相距遥遥，我却特别真切地感觉：你与云贴得很近很近，你与我离得很远很远。仿佛你与云早已心有灵犀，懂得云的喜怒哀乐，是云亲密无间的朋友；你与我相对而立，却形同陌路人，连片言只语的交流也没有，仿佛彼此中间横着一道不可逾越的鸿沟。正如一位哲人所言："心与心的距离，可以是最近的，也可以是最远的。"

人与人的沟通，有时真的很难很难。就像这首小诗中，我对你那样一往情深，你却钟情天边的一朵流云，那飘忽的云，怎么也无法飘出你的心海，总会在你的心底沉淀出彩虹般的梦境。而你身边的我，像若有若无的风，你视而不见，无动于衷。

多么希望，有朝一日，你能以看云的心情看我，以看云的感觉与我其乐融融，或许这不只是诗人顾城的渴望，也是很多孤独者的渴望……

喜欢一生多情的诗人杜甫，身在异乡为异客，不逢佳节亦思亲。但归乡的路遥遥无尽，山一重水一重道阻且长，诗人心头潜滋暗长的思念日益浓烈，辗转难眠，就去望月、看云，请缥缈的朵朵白云捎去"挥不去""理还乱"的缕缕乡愁："思家步月清宵立，忆弟看云白日眠。"想家了、想弟弟了，在月光下徘徊，整夜整夜地睡不着，月亮走开了，思念犹浓，便仰首看云，看那升腾的云，或许正是故乡飘来的，还带着墟里炊烟的暖，在悠悠的遐思中，竟然走进了一个迷人的梦境……世事艰辛，那么多的不如意如影相随，一腔的愁苦该向谁倾诉？或许明明白白自己心的，唯有那默然无语的云。于是，诗人又忍不住怅然看云："年过半百不称意，明日看云还杖藜。"不管那是故乡飘来的云，还是他乡吹来的云，都能看到诗人不展的愁眉，都能懂得诗人难遣的孤寂。

闲时看云，心如止水；忙时看云，心意婆娑。心随云驰，云随心变，从一朵云中看出兴衰，从一片云里看出悲喜，是琴心智者，亦是宅心仁厚者。

天光云影，人间处处皆风景。树树繁花可欢喜，山山黄叶飞也可欢喜，流云在肩，这一路或走或停、或看或思的怡然，我且一一拥入怀中。

雪夜三宜

落雪纷纷的夜晚，多了一些静谧，也多了一些温婉，似乎空气里都漾了许多欢喜。这样难得的诗意时光，是断然不该辜负的。

雪夜，宜读。

白日，尽可以踏雪而行，观漫天飞舞的洁白雪花，如何给万物披上或浓或淡的银装，赏那些应接不暇的绚美雪色，如何勾人魂魄、引人遐思悠悠。而到了晚上，雪还在不停地飘着，或者不知何时已悄然停下来了，一件惬意的事情，便是端坐桌前，或靠在沙发上，或倚在床头，甚或是坐在被窝里，摊开一本书，让柔柔的灯光映亮文字，让文字映亮眼睛。

难忘早年居于山村的那些日子，漫漫冬夜，铺天盖地的雪在窗外恣意地纷扬着，自砌的泥火炉内，木桦子噼噼啪啪地燃得热烈，通红的铁皮炉盖子上，铝壶里的沸水幸福地开出一朵富丽的牡丹花。洗过头，烫过脚，一身的疲惫被驱逐了，只剩下通体的清爽，相伴床头那一玻璃瓶子的茉莉花茶。

这会儿，睡意自然全无，便拿过一本借来的小说，拥衾而读。且随着那曲折的故事情节，尽赏那些摇曳多姿的人生画卷。时而沉浸其中，时而合卷冥想，时而兴奋得摇头晃脑，时而感伤得轻轻叹息……此间之乐，真难找到合适的词语形容。

当年，曾惊讶一位农民作家，他每年都要悉心经营一百多亩农田，且不靠任何农业机械，全靠一双手，整田、播种、间苗、施肥、除草、打药、收割、脱粒、收藏……从年头忙碌到年尾，似乎没有休闲的时光，可他竟然在五年内出版了四部长篇小说，读了三百多本书。

他告诉我，大块的读书时间，就是雨雪天，尤其是漫长的冬雪之夜，坐在暖暖的土炕上，有时一本书可以读到天亮，实在痛快极了，不必像平常那样见缝插针地挤时间阅读和写作。

雪夜，宜酌。

山寒水瘦的冬日，茫茫的白雪在恣意地攻城略地，覆盖与反覆盖在纠结着、缠斗着，胜负难判。嘈嘈杂杂的俗世里，谁没有一些渴望倾诉的心事呢？谁没有一些倾听的热切期望呢？而倾诉与倾听最好的媒介，便是酒。静静的雪夜，邀上几位好友，选一热闹的饭店，团团围坐，白酒、红酒、黄酒、啤酒，随意挑选，推杯换盏，且饮且聊，兴之所至，还可以且歌且舞。"酒喝干，再斟满，今夜不醉不还"，这是更为豪放的畅饮。

而我，更喜欢白居易邀请刘十九的优雅对酌："绿蚁新醅酒，红泥小火炉。晚来天欲雪，能饮一杯无？"

冬日的黄昏，雪意正浓，寒凉渐近，室内的炉火燃得正旺，桌上那一坛新酿的米酒，飘逸着诱人的馨香，尚未被过滤掉的米渣，浮在酒面上，泛着莹莹绿意，如细小的蚂蚁在调皮地游弋着。若是好友此刻能够突然踏雪而来，冷雪、暖炉、醇酒、真情……该是怎样一个美好的雪夜啊？单是那么轻轻地一想，便叫人心驰神往了。

不必问刘十九是否赶赴了香山居士这温情绵绵的邀约，也不必猜想那样素朴而迷人的对酌留下了多少佳话，只消记得在某一个寒冷的雪夜，有朋友温好了一壶酒在等你，等你过来一起品味那些幽静、寂寞、忧伤，也一起分享那些热闹和欢欣，一起芬芳一个诗意的时刻，一起温润一段好时光……

当然，也可以雪夜独酌。站在都市高楼的阳台上，望一眼大街上涌动的车流和对面的万家灯火，慢火煮一小壶绍兴花雕，或醒一杯波多尔的红酒，举杯，为窗外轻盈的落雪，为一个寻常日子里的怦然心动。

雪夜，宜著。

每个人都注定是一个书写者，都在用各种方式抒写着自己独特的生命。我知道，有人喜欢在万籁俱寂的雪夜，挥洒白日里聚集的诸多情思，似乎那些白天扑入眼帘的雪花，在明亮的灯光下，都幻化成了一个个活泼的文字，争先恐后地奔跑出来。

认识一位著名作家，每到冬天，他都要去中国最北的漠河，找一个僻远的山村，包租一间有火炉、暖炕、压水井的民宿，一住便是三四个月，白天休息，晚上拥炉创作，经常一夜奋笔疾书直到东方既白。

一位青年诗人告诉我，酒意微醺的雪夜，是灵感喜欢降临的时刻。有好多次，他都是与友人喝过酒，踏雪回家，突然有了写诗的冲动，不少得意的诗句在瞬间涌了出来，那种神奇的感觉，实在妙不可言。

其实，在雪夜里，适宜做的事情很多，谁都可以率性而为，不必拘泥于某些章法，不必在意某种形式，即使什么都不做，只是坐在那里静静地发呆，一任时光默默地从身边流过，就像一朵雪花无声地飘落又无声地消融，生命悄无声息地来过，又悄无声息地离去，也是难得的岁月静好。

送别

人生，就是一场场的送别，无时不在，无处不在。

一朵朵凋零的花，送别了热闹的春天；一枚枚飘坠的叶子，送别了繁丽的秋天；一片片消融的积雪，送别了寒冷的冬天……四季也在送别的轮回中，不断地述说着生命的悲喜交加，传递着生活的苦辣酸甜。

或许世间诸多的遗憾，都是因为分离时刻，没有来得及好好地送别。每次听到李叔同作词的那首歌曲《送别》，心海都会情不自禁地荡起层层涟漪：

长亭外，古道边，芳草碧连天。晚风拂柳笛声残，夕阳山外山。

天之涯，地之角，知交半零落。一壶浊酒尽余欢，今宵别梦寒……

　　这样的送别古典意味浓重：芳草连天的古道边，离绪缭绕的长亭，依依不舍的杨柳，幽咽哀婉的箫笛，连绵不断的远山，昏黄疲惫的夕阳……伤感弥漫了目光所及的所有景物，不免让送别愈发多了些难言，多了些凄凉，多了些沉重。

　　心有千千结，一杯浊酒，该如何洗尽那缠绵难断的离伤？心曲相通的被送别者和送别者，这一刻，纵有千言又该如何诉说？似乎只能无语凝噎，只能泪眼相对。此地一为别，关山千万重，今夜若是有梦来访，很可能会有丝丝寒凉漫浸，咽泪装欢。

　　这样情深深、意缠缠的送别情景，在中国的古诗词里一次次地生动地上演着，可谓俯拾皆是。且看，南北朝范云的"东风柳线长，送郎上河梁。未尽樽前酒，妾泪已千行"；王勃《送杜少府之任蜀州》的"海内存知己，天涯若比邻。无为在歧路，儿女共沾巾"；王之涣《送别》的"杨柳东门树，青青夹御河。近来攀折苦，应为别离多"；白居易《赋得古原草送别》的"远芳侵古道，晴翠接荒城。又送王孙去，萋萋满别情"；王昌龄《送柴侍御》的"沅水通波接武冈，送君不觉有离伤。青山一道同云雨，明月何曾是两乡"；王维《送元二使安西》的"劝君更尽一杯酒，西出阳关无故人"；李白《黄鹤楼送孟浩然之广陵》的"孤帆远影碧空尽，唯见长江天际流"；高适《别董大》的"莫愁前路无知己，天下谁人不识君"；岑参《白雪歌送武判官归京》的"山回路转不见君，雪上空留马行处"……送你在风中、在雨中、在雪中，送你在驿路、在渡口、在边塞,一声声叮咛,一句句祝福,一场场情深义重的送别,成就了一首首千古佳作,隔着遥遥的时空,仍那般动人心魄,仍绵绵地滋润着后世。

如今,没有了"长亭更短亭",也无须折柳相赠,现代人寻常的送别地点,是车站和机场。在离别的站点,谁的挥手不是带着沉重?谁的背影没有凝结了殷殷的祝福?散文大家朱自清的那篇经典美文《背影》里,蹒跚着钻过栅栏买橘子的父亲,已成为一抹父爱深深的剪影,如今还徜徉在中学课本中,感动着一代又一代的读者。

我记忆颇深的一次送别,竟然是在相逢的站台上。那一场突如其来的大雪,迫使我所乘坐的火车停在一个无名的小站。火车上实在是太憋闷了,我走下车来想透一透气。双脚刚一落到飘雪的站台上,便撞见已整整二十年杳无音信的一位高中同学。

原来,他乘坐的那列火车与我坐的方向正好相反,是大雪迟滞了行程,强烈的烟瘾让他走下火车。猛然抬头时,俩人先是一愣,随即大喊大叫着拥抱到一起。

真没想到,我们竟然相逢在异乡风雪飞舞的黄昏。先赶紧留下彼此的联系方式,接着便从高考后的各自经历,再到彼此关心的其他同学的消息,两个人就在站台上,任头顶飘着雪,你一言、我一语地热烈地交谈起来。大约二十多分钟后,列车要启动了,两人紧紧地握手,互道再见,踏上了各自的归程。

真是聚短离长!多年以后,我还清晰地记得当年邂逅的惊喜与

告别的怅然，并写下了一首感动自己和朋友的小诗《在相逢的站台
告别》。

也许世间有多少欢悦的相逢，便有多少伤感的别离。犹记得，
去呼伦贝尔大草原旅游，途中结识了一位身患绝症的年轻的蒙古族
女子。彼时，她正黯然地站在蒙古包前，望着天上悠悠的白云，恣
意地放牧着内心的忧伤。只是一语关切的问候，便打开了她幽闭的
心扉，我们一下子就从相识变成了相知，竟成了无话不谈的知己。
我讲了自己生命中的一些刻骨铭心的磨难，她讲了自己意想不到的
病魔缠身，直到繁星缀满了夜空，寂寂的草原上，似乎只剩下了我
们坦诚的倾诉与倾听。在毫无遮拦的倾诉中，我们分明都感知到了
命运的无常，也感知到了珍重眼前的必要。

因为那样知心的交流，我们的遇见那样阳光明媚，那样诗意盎
然。与她挥手作别时，我赠她一枚漂亮的书签，她送我一束沾着露
珠的野花。

走出好远好远了，她伫立的身影，仍是我心头久久难以抹去
的美。

作家白落梅曾慨叹："人生一世，来去匆匆，每天都在演绎聚
散离合。再华美的花事，繁盛的宴席，都有散场的那一天。"

那是红叶翻飞的十月，接到哈尔滨师范大学的调令，片刻的欢
喜后，漫上我心头的竟是别样的伤感。徘徊在工作了八年的牡丹江
林业师范学校的操场上，望着一棵棵挺拔的白杨树，无名的伤感似

乎白杨树如疤的黑眼睛都看到了，只是它们默默地看着我，一言不发。

老校长简单的一句"今天晚上，我们送阿建老师"，像是一个号令，全校几乎所有的老师都赶到了那个不大的酒店，一杯复一杯，真诚的祝福，由衷的感恩，殷切的期待……纷纷簇拥而来，很人间烟火味的送行酒，冲淡了伤感，也掸落了离愁，我们又一起唱响《友谊地久天长》，唱响永远的心意相通……

渡口边的送别，也是很容易让人浮想联翩的。无论古时的一叶小舟，还是当下的一艘邮轮，浩渺的水无际地荡向天边，前路遥遥。送行的人在岸边挥手，那缓缓移动的船舶，载着几多离愁别绪，直到船影消逝于茫茫的远处，仍有人伫立水边，久久地不肯离去。

台湾著名诗人席慕蓉的一首脍炙人口的小诗《渡口》，便凝眸渡口送别的特定场景，传神地写出了挽留的渴望与挥别的无奈：

让我与你握别

再轻轻抽出我的手

直到思念从此生根

浮云白日　山川庄严温柔

让我与你握别

再轻轻抽出我的手

华年从此停顿

热泪在心中汇成河流

有多少不舍，就有多少伤感。因为清楚地知道，此生中的很多告别，都注定了将是永诀。口中一遍遍地说着再见，心底却悲凉地告诉自己：今日这一别，便是山长水阔，望断天涯路，恐怕也永难再相见。离别的笙箫刚刚吹起，思念的小舟便已开始起航。一握再握，你终要离去，我终要目送你一路远行，而我，也要转过身来，静默无语的山川，或许会记得今日的难舍难分，那苍茫的浮云，也许会载着缕缕不绝的思念，陪伴别后的日日夜夜，或许在某一刻，还会有心的怦然一动，会蓦然忆起某些彩虹般的往事，潸然泪下……

当然，并非所有的别离都笼罩着一层层伤感，也有不少的送别洋溢着欢喜，有"李白乘舟将欲行，忽闻岸上踏歌声"的欢悦氛围，也有"洛阳亲友如相问，一片冰心在玉壶"的欣然告白。现代生活中充满喜庆色彩的送别，也经常遇见：送别孩子前往理想的大学读书、奔赴渴望的部队生活，送别好友去一个更大的城市、去更好的平台施展自己的聪明才智，送别亲人去远渡重洋赏他乡更为迷人的风景……彼时，送别的人和被送别的人，都怀揣着欢愉，哪里还有依依不舍的伤感呢？

当下，我们已步入了一个后别离时代，别离，不单单只是空间的移动，还有心灵世界的迁移。许多人早已厌倦了千篇一律的生活，不愿意长时间待在一个地方，他们更愿意到外面广阔的天地走走，愿意走向更为诗意的远方。何况现代化的交通工具，可以便捷地将自己运抵想要到达的地方。于是，离别，日渐成为人们寻常的主动选择。送别，自然也少了许多伤感，而多了一些欢悦，多了一些欣然，那饯行的喜酒，叫人更开心地畅饮。

伴随着网络交流的快捷、自如，时空距离已被打破。从前山一重水一重的阻隔，已被轻松地抹去。想念远方的人了，只需一个轻松的按键，一个电话、一条微信，就可以立刻将天涯变成咫尺，随时随地进行畅快无比的交流，思念迅速得到抚慰，忧伤即刻得以消除。

也许只有深味人世间的聚与散，才能真切地体味到送别的喜与悲。

很欣赏现代作家梁实秋对别离的洒脱："你走，我不送你；你来，无论多大风多大雨，我要去接你。"既然别离是寻常事，是无法更改的，那么，我也就无须极力挽留，也无须执手相看泪眼。"我挥一挥衣袖，不带走一片云彩"，君且轻松离去，我且站在阳台上，静看花开花落，云卷云舒。如果有朋自远方而来，我自然要欢天喜地前去迎接，因为相聚的时刻总是太短，似乎远远地迎上一程，便是多赢得了一些欢聚的好时光。

嘴上虽然说着不送，其实不过是省略了送别的仪式而已，谁能够真的对别离无动于衷呢？无送之别，看似淡然，其藏于心中的挚情，依然浓厚，就像默默的群山，一次次目送草青草黄，什么都不说，却说出了我们都懂的浓浓心意。

小巷深处

　　去南方名城泉州，我喜欢一个人漫步于那些狭窄的小巷。

　　包围着异常热闹的高楼大厦的一些古色古香的小巷，仿佛已在那里静静地等了我许久，等我有一天突然走来，只为一场欢喜的邂逅，为今生注定无法割舍的缘。

　　小巷四周多是一些古朴的老建筑，灰石青瓦，飞檐雕栏，铁门木栅，像是刚刚从老画册里走出来，幽静，厚实，端庄，透着淡看风云的从容。石板小径弯弯曲曲，像一个个幽深的问号，不时抛出意味深长的人生追问：你从哪里来？你向哪里去？

　　我从远方来，怀着几许憧憬，沿着一串在心头响了很久的足音，走进这南方氤氲的小巷，听一株遒劲的桑树讲述自己惊心动魄的见闻，看一棵逾千岁的老榕树默语宠辱不惊的处世之道，读刻在檀木门上的一副蕴藉深邃的对联，赏那窗棂上褪了颜色依然楚楚动人的一幅剪纸作品，还有屋檐上雕刻得惟妙惟肖的小兽，还有那一口藏满往事的古井，还有那些爬在斑驳墙壁上的蔓类植物……

前几日，又去"海上丝绸之路"的起点城市——泉州，随朋友一道游览了清源山、府文庙、开元寺、洛阳桥等名胜古迹后，我便一头扎进了西街老城区，走进一条又一条古味浓郁的小巷，一路缓缓地走，不时地遇见惊喜。

虽说近些年，许多城市都在飞速地改建、扩建，不少老宅、老街被拆除掉了，不少逼仄的小巷被拓宽了，但泉州城中仍保留着许多历史久远的小巷，它们与周遭那些现代化楼宇、街道相映成趣，可谓是新中藏古，现代与古典齐飞。

漫步在三朝巷，一栋栋古旧的民居，高低错落着，房前排水沟内清水潺潺，石板铺就的巷道七拐八拐。巷子里看不到一台轿车，几台电瓶车停在涂了锃亮油漆的大铁门前。两位中年妇人坐在巷口，正慢条斯理地剔着牡蛎肉。不远处几位喝工夫茶闲聊的老人，不知谈论的话题，是否与历任孝宗、光宗、宁宗三朝丞相的留正有关。伸出墙垣的榕树、桑树、枫树，一棵，两棵，皆高大，有的繁花满树，有的只举着浓绿的叶子。

往事并不如烟，小巷的记忆依然清晰，"三朝元老"的木制牌坊犹在。我在小巷里走走停停，一堵厚厚的石墙，一栋雕龙镂凤的楼阁，或一道虚掩的门扉，或一尊青铜的香炉，似乎都在向我讲述着曾经的热闹与孤寂，以及当下的淡然与欢欣。

每条小巷皆有非凡的来历，穿行其间，仿佛穿行于一页页鲜活的历史之中。曾井巷，据传曾从龙的母亲在巷内古井盘上生下他，曾从龙后来高中状元，累官至刑部尚书、礼部尚书、知枢密院事兼参知政事，曾氏家族世代显赫耀世，曾从龙的后代陆续出了三位拜相高官，成为世人津津乐道的"一门四相"。

初入小希夷巷，对这个名字我感到很奇怪，问询一位老者，方知这条小巷的名字，与唐末宋初的"华山隐士"陈抟有关。陈抟，字图南，号扶摇子，举进士不第，遂淡泊世情，游乐于山水间，精习道法，高隐不出。宋太祖赐号"希夷先生"，后人建有小希夷宫和大希夷宫，小希夷宫所在的巷子便被称作小希夷巷，至今仍沿袭其名。

小巷多寄予，青云巷、南俊巷、文魁巷，闻其名，便可知当世百姓热爱读书、重视教育的美好期许；执节巷、孝感巷、礼让巷、甘棠巷，每条小巷都有令人感慨唏嘘的典故，述说着人们崇礼推节、尊孝重廉的传统美德。

当然，也有不少当年寂寂无闻的拙朴小巷，如今已经变成了繁华之地，像昔日以锡器制造业为主的打锡街和以制作纸花、绸花为主业的花巷，现已成为店铺林立、热闹无比的商业街了。

那天，在甲第巷邂逅来自法国的摄影师亨利，他用一口流利的汉语，跟我讲起泉州的诸多小巷名字的由来，如数家珍，头头是道，说得我惊讶无比。他却一脸轻松道："我几乎每年都来泉州，在那些小巷里走一走，我能从小巷里面听到很多久远的声音，也能看到很多古老的印记，或许在某一个拐角处，就能遇见一位唐宋时期的大家，或许在某一块砖石上，就能看到一段鲜活的历史……"

走进小巷深处，我看到光阴留下许多可爱的影子，流露着斑驳的美丽，丰富而深邃。

绝不将就

彼时，我在县城一所中学教书。因为一家杂志社举办的诗歌大赛，我去省城参加颁奖活动，诗友西子带我去拜访书法大家钟敏先生。钟先生已年过八旬，精神矍铄，白发如鹤，声音洪亮，言语风趣幽默。

天色已晚，要起身告辞时，钟先生主动提出赠我一幅字，问我写什么内容，受宠若惊的我，请钟先生随意写几个字就好。钟先生却认真道："那可不行，你是写诗歌的，得写点儿有意味的才好。"

于是，钟先生、西子、我三个人便一起斟酌起来。三人相继提了十多个备选项，却没有一个令钟先生特别满意的。见老先生如此费心思考要写的内容，我有些不好意思起来，就提了一句古诗，钟先生听了，仍是摇头。

宣纸铺开，墨亦研好，钟先生蹙眉凝想。忽然，他惊喜道："'峰峦叠翠'，就这四个字了，与你的名字很般配。"西子和我一起鼓掌叫好。

钟先生开始凝神运笔，他挥洒自如，一气呵成。我兴奋地刚要致谢，钟先生却一把撕掉了刚刚写下的字，不无遗憾道："最后一个字没写活，得重写。"

换了一张纸，钟先生深吸一口气，再次洒脱地泼墨。书毕，他仍是摇头："'叠'字没写出神韵，再来。"

接下来，钟先生又认认真真地写了三款，皆不满意："抱歉，今天有点儿激动了，没写出最好的感觉，改天写好了，我托人带给你吧。"

其实，我和西子觉得钟先生书写的那几款都挺不错的，包括他撕掉的第一款。但钟先生近乎固执的认真，让我俩敬佩而感动。

一个月后，钟先生托朋友将装裱好的一幅字，交到我手上，果然形神兼备，气度不凡。

不少懂书法的文友来家中，对我书柜上悬挂的钟先生的书法赞不绝口。及至听过这幅字的来历，众人对钟先生一丝不苟的书写更是敬佩有加。

钟先生为我这个只有一面之缘、不谙书法的年轻人写一幅字，竟如此严谨，毫不将就，大家风范一览无余。

一位就职于一家德国公司的大学同窗，向我讲述了一件小事：

该公司生产大型机械设备,有一处螺丝,按装配指南要求应该拧七圈半。一个入职多年的员工,觉得那个要求太死板,可以灵活一点儿,拧七圈或八圈,也根本不会影响螺丝的紧固度。心里有了这一想法,偶尔他手上便"差不多"将就了事。结果,被质检人员发现,他由此失去了一份薪酬不错的工作。

同窗告诉我:"七圈半,是公司多年生产该设备总结出来的最佳紧固度,每个员工都必须严格遵守,不允许有丝毫的将就。"

不将就的书写,成就了著名的书法家;不将就的"七圈半"铸就了德国制造的精致。同样,力争完美的不将就,也是人生少留遗憾的必经之路。

前年,我的一本《我不要我的人生变成将就》,深受读者喜欢,一度登上当当网励志类图书排行榜前十名。可见,许多人赞赏不将就的人生,许多人在追求不将就的人生。

绝不将就,呈示的是一种生活态度,亦是一种生活品位。

秋叶也是绚美的花

　　远方山村的朋友给我打电话，欢喜地说秋叶红满山了，邀我前往欣赏，他还发来一些美不胜收的秋叶图。

　　不知从哪一年起，我便迷上了秋日赏叶。秋风乍起，北国高高矮矮的树木，仿佛一夜之间，那些色彩缤纷的叶子，便热热闹闹地登场了，无论是繁花似锦般地俏立于枝头，还是以其姿态优雅地飘坠。那些漂亮的秋叶，总会醉了我的眼睛，醉了我的思绪，醉出一片欢悦的好时光。

　　我就职的哈尔滨师范大学校园里，栽植了种类繁多的树，春天和夏季，那一树树的翠绿、油绿、浓绿，便围出一道道绿色恣意流淌的长廊，散发出自由生长的浓郁气息，而那些争奇斗艳的花朵，更是一茬接一茬，比赛着、述说着那摇曳多姿的花的海洋该有多美。

绿树红花间，有青春飞扬的学子嬉笑着走过，有面目慈祥的学者在漫步，自然就有了活泼而迷离的诗情画意，有了叫人浮想联翩的感动。

而一到秋天，花朵们纷纷地退场了，该是秋叶们欢天喜地登台了，那些桦树、杨树、椴树、糖槭树、枫树、合欢树……不知何时都学会了变魔术，用五彩斑斓的叶子，编织出夺人魂魄的花衣，仿佛不给秋天绽出一树树的姹紫嫣红，便辜负了所承接的那些阳光和雨露。

也是一个秋高气爽的日子，我去牡丹江的一所小学参加一个学术会议。刚一走进并不算大的校园，我的目光立刻就被紧紧牵住的，正是围墙边地上那厚厚的一层落叶，红的、黄的、紫的、浅绿的……宛如一张硕大的地毯铺展开来，柔柔的，暖暖的，忍不住想踏一踏。

那位美女校长告诉我，每年秋天，校园里的落叶都不会被及时清走，任它们一层一层地叠压，叠压出一片秋叶的织锦。学生们可以跑上去欢快地踩着沙沙的叶子，像踩着秋天的铃铛，老师们可以一边欣赏落叶，一边欣赏学生们扑面而来的喜悦。

真是一位有情怀的校长。仰头，片片秋叶在晴空里闪着花的光泽；俯首，层层秋叶亦有随遇而安的洒脱。

大山里的秋叶，自然会呈现出一种别样的美。应了朋友的真诚召唤，我驱车而来，刚到山脚下，举目一望，天高地阔，层林尽染。一座座瑰丽无比的"五花山"，仿佛一幅色彩斑斓的巨画，可以远观，也可以近赏。

沿着蜿蜒的山路，徐徐而行，脚边柔软、起伏的衰草间，散满了形状各异、色彩纷呈的秋叶，身旁那些大大小小的杂树，炫耀似的举着颜色深浅不一的叶子，像举着一枚枚秋天的猎猎的旗帜。一阵清爽的秋风拂过，叶子飒飒作响，仿佛拍响了巴掌在欢迎来访者。

伸出手，随处都可以捡起一枚好看的叶子，托于掌心，细细品鉴，那似丹砂的红，那似流金的黄，还有那且绿且黄的斑驳，似乎都在述说着秋天的秘密。偶尔一声清脆的鸟鸣，叫出秋日的旷远，连同一片蓬勃的思绪。

朋友的小屋坐落在半山腰，四周皆树，清幽若禅。院前一片空地，摆满了或方或圆的柳筐和竹匾，里面都盛满了秋天的果实：红彤彤的辣椒、金色的柿子、黄澄澄的倭瓜、深褐色的老黄瓜、紫色的葡萄……屋檐上则挂满了玉米、大蒜、一串串的菇娘，窗台还有刚采的菊花、蘑菇。朋友一脸幸福地告诉我，山下的家家户户，也都在如此张扬地晒秋。

这样熟悉的晒秋场景，拥有多年乡村生活经历的我，再次见到了，仍忍不住欣欣然。

在一位酷爱旅游的画家的朋友圈里，我赞叹过举世闻名的婺源篁岭晒秋图，那堪称中国乡村符号的晒秋景观，每一年都会吸引无数赏秋者千里迢迢如朝圣般赶赴，只为饱览那绚烂至极的秋色。我在一个寻常的周末，走出喧嚷的都市不过百里，在北方一座无名的小山间，便遇见红叶尽情渲染的迷人秋景，真应了一位作家的感慨——"熟悉的地方也有风景"。

黄昏时分，朋友在小屋前的院子里摆好餐桌，用地道的农家饭菜招待我。他指着满桌子的菜肴自豪道："所有这些，都是我亲手种植的，绝对的纯天然，是你在城市里很难吃到的。"

说话间，一片火红的枫叶，悠悠地飘落到朋友的肩头，他顺手拿起，递到我鼻前，让我闻闻秋天的味道。

枫叶上那些纵横交错的脉络，分明就是光阴走过的路啊。我蓦然想起朋友曾写过一首题为《一枚叶子读懂了秋天》的诗，秋天的味道，哪一枚叶子都清清楚楚。而我此刻要说出的，漾在心头的秋天的味道，叫迷人。

"秋叶也是绚美的花，一朵朵的，尽情地绽开，不只是开在枝头上，还开在辽阔的大地上。"朋友随口而出的，竟是拨动心弦的诗句。

的确如此！

我与朋友相视而笑，为秋叶花朵一样地绽开，也为秋叶小鸟一样地翩然滑落，为我们彼此深深地懂得，我们举起杯盏，与爽朗的秋风慢慢对饮。

夜深了，月亮穿窗而至，朋友用枯枝将土炕烧得热乎乎的，我俩盘腿而坐，一边闲聊，一边换着样喝蒲公英茶、刺五加茶、菊花茶，一杯复一杯，草木的氤氲，轻松的话题，将睡意全部驱散。聊到兴头，朋友提议，一起到夜色朦胧的院子里听听秋叶。

　　"听听秋叶"，只这四个寻常的字，便有一种说不出的风雅，径直走来。

　　站在繁星点点的夜空下，只有屋前两株树上的叶子依稀可辨，稍远的树皆是一片浓墨。秋夜的风更大了，带着一阵紧一阵的凉，沙沙作响的秋叶，是否也生出了些许的寒意?

　　早晨起来，看到一夜间又飘坠了许多秋叶，叶子上还覆盖着淡淡的霜。想到一会儿就要辞别朋友，竟忽生一缕感伤：人生中的好时光，经常走得那么匆匆。

　　那日，在一座老旧的小区院子里，见到一株硕大的葡萄架，爬满了两棵大槐树，还顺着电线极力地拓展空间，那片片耀眼的红叶，美丽灼人。但令人惊奇的是，密密的红叶间，居然见不到一粒葡萄。一位老者告诉我，这株葡萄栽植在这里，已经有二十多年了，从来没有开出一朵花，它只生长茂密的枝叶，好像铁了心，要一辈子只供人们赏叶。

　　"秋叶也是绚美的花"，我将朋友的感悟转赠给老者，面颊皱纹纵横的老者冲我微笑着，没说什么，也许他早已知道，有些叶子的美丽，一点儿也不逊色于花朵。

图书在版编目（CIP）数据

向低飞的麻雀致敬 / 崔修建著 . -- 北京 : 中国广
播影视出版社，2020.11（2023.3重印）
（"语文大热点"系列丛书 / 崔修建主编）
ISBN 978-7-5043-8488-1

Ⅰ . ①向… Ⅱ . ①崔… Ⅲ . ①散文集－中国－当代
Ⅳ . ① I267

中国版本图书馆CIP 数据核字 (2020) 第 156177 号

向低飞的麻雀致敬

崔修建　著

图书策划	林　曦	
责任编辑	王　萱	
装帧设计	智达设计	
插　画	王　静	
责任校对	龚　晨	

出版发行　**中国广播影视出版社**
电　话　010-86093580　　010-86093583
社　址　北京市西城区真武庙二条 9 号
邮　编　100045
网　址　www.crtp.com.cn
微　博　http://weibo.com/crtp
电子信箱　crtp8@sina.com

经　销　全国各地新华书店
印　刷　三河市腾飞印务有限公司

开　本　880 毫米×1230 毫米　　1/32
字　数　158（千）字
印　张　8.75
版　次　2020 年 11 月第 1 版　　2023 年 3 月第 3 次印刷

书　号　ISBN 978-7-5043-8488-1
定　价　32.00 元